Paul Gisi

Auf deinen Fingerbeeren tanzt das Weltall

Liebesgedichte

Books on Demand

Bibliographische Information der Deutschen Nationalbibliothek
Die Deutsche Nationalbibliothek verzeichnet diese
Publikation in der deutschen Nationalbibliographie,
detaillierte bibliographische Daten sind im Internet über
http://dnb.dnb.de abrufbar.

Herstellung und Verlag:
BoD – Books on Demand, Norderstedt
ISBN 9783739204048

Paul Gisi

Auf deinen Fingerbeeren tanzt das Weltall

Liebesgedichte

Inhalt

Auf deinen Fingerbeeren
tanzt das Weltall
I   Stunde des Einsiedlerkrebses 7
II Kein Ort lange zu verweilen 17
III Es ist wie ein Glücklichsein der Flammen 29
IV Auf deinen Fingerbeeren tanzt das Weltall 36
V Der Sturz der Ferne in die Nähe 71

Bei den Windmühlen
hinter den Schwarzen Löchern
I   Die Amöbe umarmt den Quasar 89
II Vögelchen mein Vögelchen 96
III Die Ruineneidechse lacht
    über die Vergänglichkeit 106

In deinen Augen
flammt die Welt auf
I   Wir tanzen Spiralgalaxien entlang 115
II Du umfängst mich wie ein
    zehnarmiger Tintenfisch 129
III Der Wind streicht
    über die Felsen der Welt 143
IV Mit dem Einmaster
    segle ich in deinen Atem 154
V Wir tanzen nackt eng umschlungen 161
VI Flug ins Unermessliche 167

Erfüllt von den Wirklichkeiten 173

Körperumkörpert 193

Ich bete deinen seenelkenweissen Körper an 203

Glutsturz in den Adern 209

Auf deinen Fingerbeeren tanzt das Weltall

I   Stunde des Einsiedlerkrebses

Ich suche in deinen Händen
das Schwarze Loch
        angstdurchzogen

du schenkst mir Vertrauen
und Tod
den sprachlosen Vogelkadaver

*

Insektenleicht
das Gewicht der Welt
        der Einsiedlerkrebs lacht
TRÄUME AUS ANGST

*

Du kommst nach Mitternacht

dein schlanker Leib
        flammt auf

wie soll ich dich nennen?
– da der EINSIEDLERKREBS dich liebt

*

Du kommst zu mir
da du mich fliehst

ich liebe deine Nacktheit
den Schweiss des Teufelsrochens

DER EINSIEDLERKREBS LACHT

*

Drachenwurzbeerenrot
die einsamkeitsgiftzüngelnde Nacht

auf Nebenwegen
nähere ich mich dir

ich verweile gern in der Täuschung

*

Nichts geschieht
    du bist fern von mir

ich bin durchs Grab gegangen
angsthäutig fiebernd

atemlos in die Finsternis gekrallt

*

Ich tanze
   die Ruhe
      der Sonne
im Eisraum in dir

gelassen im Abgrund
da gibt es nichts zu verstehn

*

ALGENSPOREN BLÜTENSTAUB
WINDBLÜTLER
DER EINSIEDLERKREBS
KENNT DIE WELT

*

Hinter dem Schleier
ein Schleier

ich lache närrisch vergnügt
in Lust
mit der Raubspinnentänzerin
   als tanzten wir
   durch den Kosmos

*

Im Herzmuskel meisselt Tod
die Leichname meiner Gedichte

   Rückkehr wird Verhängnis
   Zukunft sinkt dahin

IM NACHTLAND aufersteht
                    DER RABENSCHREI
die morphoblaue Paarung
kosmischer Sekunden

                    *

Ich singe dich
singe deine Verdunkelung

unsre Zungen stürzen ineinander
wir zerschlagen Götzenbilder

            und schweigen
SCHWEIGEN
                    in die Leere hinein

                    *

Die Wege des Tags
die Wege der Nacht
führen nirgendwohin

im Lautlosen beginnt der Geist
liebt das Vergängliche das Unvergängliche
IN DEINER HAND

                    *

Der Himmel verkohlte Asche
NACHTVOGELVERSTEINERUNG
brennende Risse den Lippen entsagendes Blut

der Raubvogel wirft seine Krallen
in den verdorbnen Atem

*

Schattenblau der Ferne
hingeworfen in die Zeit

ich kenne dich nicht

das entfremdete Auge
sieht entsetzt
die salzige Nacht
TÖDLICH VERSTEINERT

*

OB DU ES GLAUBST ODER NICHT
DER EINSIEDLERKREBS
VERDUNKELT DIE SONNE

*

Wir leben die Nullzeit
in der Hundertstelsekunde Urknall

zwischen den Fingern
tanzt die Welt
DAS SAMENKORN TOD

*

Wir fallen wortlos ineinander
ein paar Schritte vor
ein paar Schritte zurück

safrangelber Leib
zuckt im tödlichen Strom

unglaublich schwer
ABWESEND LEICHT
atmet Schwermut
gegen den Himmel

*

In deinem Geschlecht
aufersteht die Rote Pestwurz
für die Sekunde einer Illusion

namenlose Saugmünder
rufen dich an

der Himmel dunkelt sich ein

*

DER EINSIEDLERKREBS
TANZT MIT DEM TOD

*

Was willst du unterscheiden
kleine Asselspinne

dein Gesicht ist mir Teufelsblume
ENTFERNUNG
hin auf den Ort des Sichfindens
des Sichverlierens

*

SIEH DIE ZIERLICHEN
SPINDELFÖRMIGEN EIER
DER FIEBERMÜCKE
IN DEN LUFTKAMMERN DES TODS

DER EINSIEDLERKREBS
VERSCHWEIGT NICHT ALLES

*

Wir können uns nicht verstecken
die Wimper fächelt Täuschung
Glutschwingungen füllen Augensäcke

wir zerstreuen die Angst nicht
in der Umarmung

in den Armen der Spiralgalaxie

*

Das Licht brennt dich zu Tode
im dunkelsten Schacht

nun zählt nichts mehr
verfüge über mich
Augenblick

*

Ich taumle
die Todestreppe hinauf hinunter

DER EINSIEDLERKREBS LACHT

wie kühn gezeichnet
ist der Schatten der Leere
der letzte Schlaf in deiner Hand

*

Dir bleibt das Unbekannte
einverleibt im Atem

wir teilen das Nichts
ohne Liebe ohne Hass
in einer Umarmung die tötet

*

Der feuerträumende Stein
        schreit rettungslos
                todgeil feindlich liebend

mit blutenden Armen
der Einsamkeit

*

SPRACHLOS
IST DER EINSIEDLERKREBS

zu nichts nütze ist das Wort

ich liebe dich
weil du UNÄHNLICH BIST
MIT ALLEM was ich kenne

*

Du kommst nicht
weil du mich liebst

ein Blitz spaltet dein Gesicht
du bist der Drache in mir

*

Unsre Lippen neigen sich zueinander

wir trennen uns
für ein Mass aus einer andern Zeit

*

Todesfrost auf der Zunge
ich kann nicht mehr reden

MORGENDÄMMERUNGSLOS
totgeboren

der letzte Abschied
erbarmt sich meiner

*

Der Nachtkäfer torkelt
über die verängstigte Haut

sei still ohnmächtige Zunge
das Ende ist bedeutungslos

*

Anstatt des Herzens
ein Madenhackerkuckuck

ich bin nicht zu Hause
bis ich hundert bin
ich bin verloren
dies musste ich dir sagen

II Kein Ort lange zu verweilen

Zwischen zwei Händen
verliert sich
ein Glücklichsein

der finstere Abend
verbirgt
die bitterste Klarheit

vielleicht verginge
die Schwermut
wenn dein Schatten
auf mich fiele

*

Einfach da zu sein
im Gespinst
der Leere –
Staub und Licht
zu küssen

        Tod
ist das zu viel verlangt?

*

Ruhelos das Weltall
auf der Zunge –

Sekunden Jahrmillionen
rechtsherum linksherum

aus einem Stäubchen
entsteht die Welt

wir sind Treibholz
im Luststrom der Leere

*

DEIN LEIB brennt –
finde die andere Richtung
als ob es ein Letztes gäbe

*

Ich hab mich verloren
in der Nacht
ich kann deine Lippen
nicht finden
ich bin verzweifelt
in dieser Nacht –
　　　ich kann
deine Lippen nicht finden

deine Lippen
sangen mir vor Jahren
ein Lied
ein morphodunkelblaues Liebeslied

nun ist alles verloren
farblos geworden

in dieser Nacht –
ich lebe umsonst

*

Nacht lusttaumelt
im Einsamkeitsschrei –

Rettung käme von dir

doch es gibt dich nicht

*

Ich bin ein Blinder Passagier
meines Ichs
Qual und Entzücken
      zu atmen Dunkelheit

die Sonne erwacht
auf deiner Haut
erinnert sich der Blinde Passagier
in meinem Ich
blind geworden für die Überfahrt

ich sage mir
das Meer ist wie zuvor
als ob ich das wüsste

es bleibt der Geruch
des Schweisses
der Traum
in deinen Augen

*

Der Abschied
ist leicht
nach dem Vergessen

der Regen glänzt
auf dem Kies
über den du gingst

alle gehen irgendwohin
        ich bleibe zurück

ich bleibe zurück
damit irgendjemand
an mir vorbeigeht

*

Sieh ich verlor den letzten Faden
        zur Welt
                vergass
wonach ich mich sehnte

hinter allen Widersprüchen
finde ich in deiner
        schlangenaalschlanken Hand
den kalten Feuergeist

*

Du küsstest mich
mit dem Gift des Schmerzes

Todzähne zerreissen den Atem
Liebeslust zuckt ein letztes Mal

krähenschwarzer Schnee
verkrallt in den Fernen
in den Herzräumen eines Augenblicks

*

Ich bebte
als ich meine Hyänen
in deinen Augen sah

*

Alles ist grenzenlos –
ich klammere mich an nichts mehr

*

Wenn es dunkel wird
wird es heiter –

du nimmst dich dem an
der gerichtet ist

dein Leib erscheint
in allen Formen

*

Im Abgrund
flammt das Eine auf:
Lust findet kein Ende

ich verneige mich
vor der dunklen Klarheit
deiner Lust

*

Ich bin alt geworden
unverschämt maskenlos

*

Herz im Nichtsein
im Stein
in deiner Hand –
noch wehn die Winde

*

Die Menschheit:
ein paar Tropfen
in der unermesslichen Grausamkeit
des Kosmos

Verzweiflung taumelt
in der Zuneigung
der verfinsterten Sterne

mit gelähmter Hand
bete ich dich an

*

Immer und immer wieder
wiederhole ich meine Litanei
Lust
  Wollust
    Angstlust
      Todlust

*

In deinem Geschlecht
glüht das Weltall

der innere Widerspruch
fesselt und befreit

ich atme deine Erleuchtung
deine Verfinsterung

*

Was ist der Sinn
des Lebens?

höre:
ich bin des Sitzens
und der Wanderschaft müde

*

Ich sehe dich
und sehe dich nicht

du verstehst
weil du nicht verstehst

ich bin verloren
doch ihr lebt eingebrannt in mir
Mörike Rilke Lavant Zwetajewa

*

Blumen können nicht fliegen
sie sind Eis in der Feuersglut

ich bete dich an
Eintagsfliege
du Lobgesang des Alls

*

In dieser dunklen Melodie
perlen Tränen des Dämons
schreit das Schweigen
Chopin Pergolesi Mozart Bach
Flammen lodern in den Kosmos
Tod umarmt Leben

wir trinken lasziv Wein
in dieser schrecklichen Nacht
wir trinken das Schweigen
trinken entsetzt Schreie
Cherubini Beethoven Schumann Brahms
wir umarmen uns

*

Ein Sturmtauchervogel
im eilenden Grenzstrom
in den Strahlen der Sonne
verloren in einem fiebrigen Traum

der alte Mann
schaut nach rechts
schaut nach links
und lacht

*

Die Erinnerung
schlägt eine Brücke
zu dir
doch die Stunden
schlafen
unter der Brücke

*

Während allen Jahreszeiten
redete ich
vergebens –
nun schweigen Winde für mich

*

Aus Schatten geformt
der zögernde Atem
der dämmerleichte Körper

das Wort
das dich findet
kommt aus fiebrigem Schlaf

wir wachen auf
und fallen
in die Raserei der Lust

*

Die Angst zu leben
dröhnt –

wir umarmen uns
ohne uns zu halten

in den geröteten Augen
der Greisin
geifert Tod

*

Zeig dich
wie du bist
schonungslos nackt

*

Meine Lippen tauchen ein
in deine Haut –

SCHÖNHEIT SCHMERZT

im tiefen Schichtgestein
bebt der Geist

deine Zunge
findet
meine Zunge

*

Es ist schwer zu sehen
das dunkle Licht an den Rändern
auf dem Schleimgrund der Angst

wir dulden das Fallen
den unbarmherzigen Schrei
des Lobgesangs

du hast dich verirrt
fernab aller Himmelsrichtungen

nach den sieben Tagen des Redens
flammt das Schweigen tödlich auf

*

Ich tauche ein
in die Akkorde
deines Atems
deiner Nacktheit
singe deinen Geruch
deinen Schweiss
deine Kälte
singe verzweifelt
deine Angst
deine Wollust
singe dich

III Es ist wie ein Glücklichsein
der Flammen

Diese dunklen Inseln
in den Fluten in mir
singen

Urstoff strömt –

dein Atem
eine dunkle Insel

*

Die enthemmte Nacht
löscht die Erde –

Lippen schmiegen sich an Lippen

Staub sammelt ekstatisch Staub
TOD TANZT HIMMEL

*

Zuneigung oder Abneigung
wirf alle Unterschiede weg
alles ist drüben gleich
sagt Charon

doch ich liebe dich HIER HEISS

*

Du bist schön
sagst du

du bist schön
sage ich

DIE SUMPFDOTTERBLUME
LACHT UNS AUS

*

Auf dem Schuttplatz
weint die Melodie

ich fliehe in die Ferne
in die heillose Mitte
falle in den Aasgeruch
des Gefleckten Aronstabs

ANGST STARRT MICH AN

*

Noch liegt deine Zugvogelhand
massnehmend am Abgrund
auf mir –

weder fern noch nah
weder leicht noch schwer
vereinigen wir uns

*

Wir stürzen
in Masslosigkeiten
der Sehnsucht
in dunkle Vermessungen
der Nacktheit

*

Die Träne brennt –
die Träne brennt

WIR BRENNEN
IN DER TRÄNE KOSMOS

*

Der Stein
und der Tautropfen
begegnen sich am Morgen
und lachen
als ob es nie eine Nacht
gegeben hätte

*

Wir haben sie zertreten
die kleine Schnecke
wir haben nachgegeben
verflucht ist unsere Unwissenheit

umarmen wir uns
alt werden wir nicht

*

Deine Augen
zwei Mistelbeeren –

die Zeit lacht
in der versteinerten Angst

komm
träumen wir miteinander

*

Wie Flussaale
inmitten von Gut und Böse
deine Fragen –

ich dachte
wir würden Wein trinken
in der kühlen Dämmerung

*

In deinen Augen lebt
der Stille Ozean

ich reise zu dir
IN DEN GESANG DES WASSERS

*

Hinter deiner Stirn
schreit ein Feuer –

ich küsse hilflos
deine Füsse

*

Du sehnst dich einzutauchen
in die dunkle Transparenz des Tods

der Wurmaal hört wahnverwuchert
Bachs Konzert für zwei Violinen

*

Du kennst die Ohnmacht
des schwärzesten Stroms

hörst du
alt und entstellt
den trieblosen Schrei?

*

Aus dem Wasser
rief mich eine Stimme
komm

ich stieg ins Wasser
und fand den Ameisenbärfisch
den Gesang der Dunkelheit –

nun rufe ich aus dem Wasser
dir zu
komm

*

Nachts höre ich sie
die gereiften Widersprüche
die abgewürgten Schreie

und suche das Wort
das uns verzaubert

*

Längst verweste Lust
schäumt auf deinen jungen Lippen

was für ein Gezweig
deine Brustkorbrippen –

es ist wie ein Glücklichsein
der Flammen

*

Auf der Zunge blühen sie
Materie und Idee

dunkle Wolken
verfinstern diesen Gesang

unsre Zungen stürzen aufeinander
und finden das Wort VERZWEIFLUNG

IV Auf deinen Fingerbeeren tanzt das Weltall

AUF DEINEN FINGERBEEREN
TANZT DAS WELTALL
    auf deinen Lippen
    brennt ein Abgrund –

die grosse fremde Spinne
zwischen Mond- und Sonnenbaum
spannt ihren Faden
– an dem ich ersticke

*

Komm kleine Geliebte
komm kleiner Geliebter
beten wir das Weltall an
und umarmen uns und tanzen
    berauscht miteinander

*

Ich falle
in den Abgrund
deiner schwarzen Pupillen

die tödliche Kälte
schlangenaalt sich
unbarmherzig
ins schleppend zuckende Herz

*

Deine Brüste
sind zwei
Marmorzitterrochen

in deinen Seerattenaugen
singt Wolfgang Amadeus Mozart –

auch wenn du dich versteckst
in Flüssen Strömen Meeren
Teichen Seen Sümpfen

ich finde dich

*

Ich küsse
dein Handinneres

    als wärs
eine Nuklearexplosion

*

Du schweigst
in den Verdunkelungen
der Liebe
    der Schreie
in den fiebrigen Verschattungen
der Lust –

alt und wach geworden
trinke ich Wein

– und bete dich an
Lust des Lebens
Begierde des Augenblicks
    Auferstehung
     der Unvernunft

      *

Mit dem Urbild verbunden –
ich küsse das Oratorium
     deines Körpers
deine Brustklippen Dünen Erdkrusten
Sonnenfackeln Mondsicheln
deine SCHLEIEREULENTRÄUME
neben mir im Bett liegend

der Aristoteleswels lacht
ich umarme dich

     *

In deinen Augen
singen hundert Trilliarden Sonnen

– hab keine Angst
Zitterrochen
    wir alle sind
       einsam
          ziellos
            orientierungslos

hörst du
den grenzenlosen Klang
in den dunklen Falten
des Nichts?
der Vergänglichkeit?

*

Werfen wir uns
aufeinander
        nackt auf nackt –

der Morgen naht
wir lügen nicht

*

Die fremde Katze
schleicht
durchs verschattete Gehölz

das Sonnenauge
ist blind geworden –

        was solls
        wir lieben uns
        ÜBERALL

*

Lust des Daseins
Lust des Atmens

Lust der Rache
Lust des Schweigens
Lust der Qualen
Lust der Sternhaufen

   – oder einfach
heute Nacht
LUST MIT DIR

      *

Du ziehst dich aus
in den Verschattungen des Steins –
inmitten des Abgrunds
glüht dein Leib

WEINSTERNE BRENNEN

komm
umarmen wir uns
im Wortlosen

beten wir uns an

      *

Wenn du bei mir bist
     singe ich –
singe die Fülle der Leere
die Angst die Lust

Schwalbenfische
ziehen durchs Weltall
IN DEN FALTEN DER NACHT

wir bespielen uns
als ob es keinen Morgen gäbe

ich tauche ein
in die Rasereien des Verstummens
DER TÖDLICHEN LUSTHINGABE

*

Du schenkst mir
deine Klarheit

ich schenke dir
meinen Lusttaumelwahn

*

Wecken wir die Sinne
mit Weihrauch Blumen
Sandelholzpaste und Honig

berauschen wir uns
mit der Wirklichkeit
mit den Schwingungen
lasziver Einheit –
sprengen wir alle Fesseln
und trinken
an der Quelle der Wollust
im Abgrund
VON LICHT

*

Ich lecke
die Schattenbrände
in den geheimsten Höhlen
auf deiner Haut

ich tauche ein
in die Schlünde
der Lust
        der Angst

wir atmen Unbekanntes

*

Schön bist du
NACKTER KÖRPER
Felsspitze Meeresgrund
Brustrippe Horizont –

der Augenblick funkelt lasziv

es gibt nichts
was Halt gewährte –
es gibt nur dich
ACHSELHÖHLENLUST
in den Lichtundschattengezeiten

        wir fiebern zueinander

*

Alle Geschlechter
werden eins –

wir trinken uns
in den Verschiedenheiten

*

Illusorisch ist jeder Atemzug
wir starren alle gebannt
auf den Punkt unseres Tods

wenn ich deinen Körper küsse
in den Oktaven der Nacht
lass dich verführen
hab keine Angst
ich umarme dein Fallen

*

Im Fischauge
funkelt
das Weltall –
        fiebrig verstummt

am Horizont
hängt
die Träne
        des Abschieds
                des Leids
                        der Lust

*

Sich zu tummeln
wie eine Gespensterkrabbe
im alchemistischen Hesperidenbaum –
konvulsivische Angst
züngelt lichtbedrängt
in deinen Atem

es zerfällt das Weltenrad
in den Nachteulennächten

*

Dort wo die Farben singen
dort wo die Töne tanzen
dort wo die Sonne scheint
dort wo die Nacht schreit

dort findest du mich
dort findest du mich
          NICHT

*

Die Unendlichkeit brennt
in deiner Hand
als der schwarze fremde Vogel
die Augen durchsticht
abends
im verlorenen Fischerhafen

so schau ich im Flugsand
am Ufer der schlickenden Angst
bebend

ins Unermessliche
der aufflammenden Spiralgalaxien
– an die Illusion der Feuerkorallen gekrallt

der schwarze fremde Vogel brennt
der Flugsand brennt
die Schiffe brennen –

in die Asche
der Schwermut
flüsterst du das rettende Wort

*

WIR KÜSSEN UNS
der Fluss
eilt in die Mündung
(wie es nicht anders möglich ist)

        kalt
schreit der Schatten
des fremden Vogels

auf der Zunge
        stumm
        auferwacht ANGST
in der geilen Umarmung

wir lachen uns gegenseitig aus

*

Die Krähe
stürzt tot
    in mein Herz –

seither bin ich verzweifelt
zweifle ich an der Schöpfung
insgesamt

ich weiss nichts mehr
ich glaube nichts mehr

doch ich halte weiterhin deine Hand

*

Als wärst du vernünftig
als wärst du verrückt:
Lust ists Lust zu haben

*

In den Flammen
    des Winds
dein züngelnder Körper –

dort wo der letzte Baum wurzelt
dort wo die letzte Meereswelle vergeht
    dort
      wollen wir uns treffen
        wollen uns stürmisch lieben
dort werde ich einstürzen
vor deinen Knien
wirst du mich umarmen

im Bett des toten Flusses
im Schatten des Pfefferstrauchs

dort küsst du mich
    im Fieber der Lust

mit der Seele des Wüstenwinds

DORT VERLIEREN WIR UNS
    IM IRREN
        L I C H T

*

Das abgründige Dunkel
    deiner Pupillen
BRENNT

es gibt kein Zuhause
kein Beheimatetsein

in den Qualen an den Rändern
schreit die Einsamkeit
erstarrt der Atem
    in der Nähe
    – so fern –
    stirbt der Vogel

die Krallen der Verzweiflung
lösen sich niemals

*

IM CELLOKLANG
LUSTMOLCHT
GOTT

*

Ich verliere mich
im Finden

ich finde mich
im Verlieren

papperlapapp
lachen wir über die Angst

gehen wir nach Hause
– – – als ob es das gäbe

*

Dunkelhäusig die Lust
in den Verwinklungen
der Verzweiflung
aschenschwarz
das Morgenlose

im Lavendelfeld
tanzt die Göttin Shiva

*

Als ich dich suchte
auf dem Weg der Meinungen
im Trug der Reife
im Einen und Allem

als ich dich suchte
in den Ursachen der Welt
in den Abbildungen
der Sinnlichkeiten

als ich dich suchte
in den Schulen der Täuschungen
in den Unterscheidungen
von Gut und Böse

als ich dich suchte
in den Verwirrungen von Begriffen
Axiomen Ursächlichkeiten
und Kosmologien

als ich dich suchte
im Werden Verströmen und Vergehen
in den Begriffen des Logos
im Verhältnis von Denken und Sein

als ich dich suchte
in der Welt der Ideen
in den Fragmenten
der Gegensätze

als ich suchte
in den Verdunklungen der Sinne
in den Labyrinthen der Angst
in der Wirklichkeit von Trug und Einbildung

als ich dich suchte
verschwandst du

in den Falten der Vielheit
in den Höhlensystemen des Wahns

als ich suchte
weinte das Feuer
verstummte das Wasser
versank die Welt

als ich dich suchte
war ich jung
war ich alt
war ich du

*

Ists der letzte Schlaf?
sind wir
besessen
IM SCHWEIGEN?

feuersalamandert
ANGST
im Lichtkegel eines Gotts?
wir kennen
weder die Spur
der Hyäne
noch die Trunkenheit des Weltalls

– doch ich kenne dich
die Lust der Sekunden

*

Kein Lüftchen weht
in der Nacht
in den Ablagerungen der Angst
schweigt der Neumond
in der Verlandungszone
träumt die Erdkröte

alles ist eitel
HASCHEN NACH WIND
die Sonnenwirbel erlahmen
der Orionnebel schweigt
die Äquinoktialpunkte tanzen
in den Zweiunddreissigstelnoten
des Weltalls
die Segel der Fünfmastbark
blähen sich
in den Warmundkaltfronten

im Flachmoor wärs
in der Tropfsteinhöhle wärs
in der Wiesenaue wärs
im Kerbtal wärs

überall dort
wo du ein letztes Mal sängest

*

Der Maulwurfkrebs
in der pazifischen Mangrovezone
eines dunklen Gotts
gräbt sich heiter vergnügt
zu den Galaxien hinauf

*

Ich erkenne dich
in den Verdunkelungen
streichle deinen Schatten
niste mich
in den Denkzeit
        deines Atems ein

das Schicksal wartet
        auf d e n
der sich ihm verweigert

komm
ich küsse derweil deinen Leib

                *

Wie von Sengai gemalt
die unauslotbaren Augen
des alten Manns
hinter dem Rauch
        seiner Pfeife

das Schweigen glüht
im Perlmuttgehäuse
        ANGST

ich schliesse die Augen
und tauche ein
        in den fernen Mund

                *

Ich liebe die Kapillaren
in deinem Blut

laufe Amok
in deinem Atem –

DER GROSSE FREMDE
ALTE ZACKENBARSCH
LACHT

lacht verzweifelt
auf dem Grund des Ozeans
in den selbstgewählten Himmeln und Höllen
der Anbetung zu dir

*

Der Zwergfadenwurm
im Sternbild des Raben
lächelt
über die Gier nach Welt –

vier Wochen sass Buddha
unterm Baum
e r l e u c h t e t
und ward unwissender
denn je

*

IM KOSMISCHEN TAUMEL
VERSTUMME ICH

*

In den Fibrillen
        des Tods
singt GOTT
lustmolchene Monde –

        ich weiss längst nicht mehr
        wer ich bin

doch wenn ich dich ausziehe
und hemmungslos
deinen Körper küsse
– auferstehe ich
im Koma des Geists

legt sich Zunge auf Zunge
im Rätselwort LIEBE

        *

Wenn selbst die Nacht zerfällt
in den Wolkenfetzen
unterhalb des Nimbostratus
in den Verkarstungen des Denkens

wenn selbst das Brandungsgeröll stockt
in der Stunde des Wolfs
an den Steilküsten zerschmettert
das Leben

wenn selbst das Gletschereis schmilzt
im Atem der Verzweiflung
in den Verwerfungen der Angst
die Hyäne schreit

wenn alles geschieht
wenn nichts geschieht
wenn du kommst
wenn du gehst

dann verbleibt mir alles
dann verbleibt mir nichts

*

Im schiffbrüchigen Horizont
schreit das Unendliche

    brennt
in der Muschelschale
    G O T T
        die Einsamkeit
        das dunkle Verlöschen

*

Ein alter Riffbarsch
hört Mozarts Motette
EXSULTATE JUBILATE

*

Wortlos geworden
ins Leben geboren
in den Tod geworfen
wir Alchemisten
wir Priapswürmer

Vögel und Fische
wissen mehr –

mit oder ohne Wissen
wir verbrennen
in der letzten Flamme

*

Es gibt keine Ewigkeit
in mir

– nur Abgründe
zerbrochene Schneckengehäuse
Wolkenfetzen
im Aufbruch
zum Gleichgewicht

*

Der Schatten
des Vogels
fällt auf die Zunge

    nun wäre die Zeit zu singen
IN DIESER VERDUNKELUNG

*

Leid sucht Lust –
ich lache
ich weine

trunken
deinen Leib –

Mund stürzt
rettungslos
in Mund

*

Es gibt dich nicht
Sprache

es gibt nur Lust

und Ohnmacht

      angesichts der Götter
      angesichts der Bakterien

*

Der fossile Tanz
      des Weltalls
funkelt in deinen Augen
           bevor sie
IM SCHREI
      VERDUNKELN

*

Wir lesen Platon
wir ziehen uns aus
betrinken uns miteinander

Flammen sind nackt

*

ICH LIEBE FIEBERMÜCKEN
LÖWENKÖPFIGE DÄMONEN
liebe den Geruch deines Körpers

– beschütze deinen Schlaf

*

Nacht zieht sich aus –

wir werfen uns
aufeinander

lichtlos gesättigt
l i c h t v e r l o r e n
in den Zellen
der Vergänglichkeit
        des Tods

ICH KÜSSE DEINE FINGERBEEREN

*

Eine Stunde Glück
    grau umflort
    aubergineviolett durchblutet

dir reicht es
von fern zu sehen
auf der Trauminsel
    zu lieben
    zu sterben
in der Schärfe des reissenden Wassers

in deinen Augen
brennt die Finsternis

      *

Dein Leib zuckt
    als RISS
im blutroten Abend

IN DEN DISHARMONIEN
DES ABGRUNDS

Nachtwörter
türmen sich auf
hemmungslos aggressiv

doch leicht
    und unberührt
spannt sich das zeitlose Mass

von deiner Stirn
stürzt UNSCHULD
    ins Herz

*

Schwermut verdunkelt
    deine Augen
die Tränen brennen
als gefrorene Steine
in deiner Seele –

Angst zeichnet dein Gesicht

    ein Vogelkadaver
    deine kleine verlorene Welt

komm
ich bete dich an

    in der unermesslichen Schwärze
    des Alls

*

In der erlöschenden Flamme
tanzt
    ein Gott –

dunkle Schatten
schrein

wir umarmen uns
ohne uns zu finden

*

Du tanzt schlangenaalnackt
in meinen Träumen
wenns eindunkelt
in der Zeitlosigkeit
der atemlosen Lust

wie ein schwermütiger Stein
glüht die Milchstrasse
in deinen Augen –

du bist das Ungeteilte

*

Ich erwarte dich
in den Atomen
im Kreislauf der Natur
in den Albträumen Gottes

lasziv nackt lustbereit

*

IM LICHTSCHREI
rast
die Galaxie
des Tods
des LEBENS

nur blinde Würmer
unterscheiden –

ich umarme dich
Lustaugenblick

proste dir zu
verhängnisvolles Nichts

*

Deine Augen
KÄFERN
irr taumelnd
im Maul des Tods
      – Samenkörner der Zuneigung

die Wangen röten sich
      in Sternennebeln
DER NÄHE DER FERNE

im grossen letzten Einsturz

*

Ich beschütze
den Vogelkadaver
in meiner Hand

ein Wind zittert
in der alten Birke –

ich halte deine Hand

*

Im provenzalischen Rosé
betrachte ich deine Gestalt

auf deiner Haut
tanzen meine Küsse
der bebende Körper
wellt irr auf und ab –

unter dem Panzer der Schildkröte
schläft ein Lustgott

es ist ein Seufzen der Sterblichen

KOMM
ich umarme dich
hemmungslos l u s t v o l l

hauche dir
Schweigen ein

*

Der Riss im Weltall
im Auge des Blinden
flammt auf
züngelt über deinen Körper

die Amöbe spielt Gott
wir ziehen uns aus
und lachen in der Morallosigkeit
in der Flamme der Lust

*

Sammle dich
wirf dich weg
beende dein Suchen –
ein Vogelschatten
verdunkelt
das gesprenkelte Ahornblatt
auf deinem Fuss

*

Die Sonne brennt
im Fadenwurm –

im Puls
der Cepheiden
feuersalamandert Tod

     Augeneis
     Lippenbrand

nichts atmet mehr

*

Im Schreien
des Winds
     ein Libellenblitz

du entwurzelst mich

Untergang
gischtet auf der Zunge

Untergang
rötet den Horizont

AUFERSTEHUNG
festet deinen nackten Körper

*

Ich lecke deine Fingerbeeren
lecke deinen Hals
lecke deinen ganzen nackten Körper

wir rasen sekundentoll
            ineinander
für eine zeitlose Ewigkeit
in dieser Nacht

*

Ginsterbüsche Wasserlachen Reptilien –

Zeichen fürs All
fürs Nichts

für deine Erregung

*

Du illuminierst
die Verfinsterung –

mehr zu sagen
wäre TÄUSCHUNG

*

Von den Sinnen ausgehend
alle Sinne beiziehend
        – so denke ich an dich

so vergesse ich alles
wenn du mir nahe bist
        hemmungslos nahe bist

*

Auf deinen Lippen
S T R Ö M T
                der uralte Fluss

im aussatzfleckigen Baum
singt ein fremder Vogel
TRUNKEN VOR LUST

du magst alles verstehn
ich verstehe nichts

ich küsse dein Gesicht

*

Uns lähmt Schwermut

 ich lache
über die Trauer –

– – – und jetzt
liebe ich dich

liebe lachend
den sinnlichen Gott
D I C H

 *

Ich studiere
die Philosophie
der Salamander
lese die Testamente
der Ochsenfrösche
und die Liebesbriefe
der Blauen Nesselquallen –

mit dir schweige ich
in den Elegien der Fadenwürmer

MIT DIR SCHWEIGE ICH

 *

Du schweigst
in den Verdunkelungen
der Liebe
 der Schreie

in den fiebrigen Blendungen
der Lust –

alt und wach geworden
trinke ich Wein

– und bete dich an
Lust des Lebens
Begierde des Augenblicks
      LUSTTAUMELTANZ

      *

Ich tanze
namenlos geworden
mit den Steinen
in der Nacht

ich tanze deinen Körper
deine Lippen
dein flammendes Nichts

      *

Ich stürze
ins Feuerherz der Nacht
in den Pulsschrei
      der Qual
      der Verzweiflung
      des Tods –

im Vogelkadaver G O T T
tanzt die Made Mensch

rettungslos
hoffnungslos
verklumpt Dunkelheit
im Aufblitzen der Liebesillusion

*

Kaum ein Flüstern
deine Worte
in deinen Augen
glüht Angst

das Wort
das helfen könnte
versteinert tödlich –

so wie die letzte Träne

*

Ich denke
dass die Dürre
mir etwas schenken wird:
einen Fluss
ein fallendes Blatt
einen Schimmer in der Dunkelheit

vielleicht auch ein Wort

*

MÜCKENLARVEN ZAHNKARPFEN
RIPPENQUALLEN QUASARE

ICH VERSTEHE DEINEN ÜBERMUT
ALTER GOTT

*

Du flüsterst mir das Wort
das es nicht gibt
ins Ohr –

ich küsse deinen Körper
deine Verlorenheit

ich verliere mich
in dir

V Der Sturz der Ferne in die Nähe

Die Sonne stürzt ins Erdreich

Weinstöcke im lavasteinigen Trichter
tanzen mit Langusten –

im durchwühlten Nabel
ruht ein Gott

*

Über die Rundung der Lust
perlt das Nocturne –

Achatströme
im Blut

wir finden uns
in der Umarmung des Orkus
im Traum der Schleiereule

sehr fern sehr nah
irgendwo in mir
küsst das All
mein Schweigen

komm zu mir
wir verlieren uns zusammen

*

Unter der Haut der Nacht
pulsiert Schwermut

wir suchen uns
wissend
dass wir verloren sind

die Krustenechse
beisst unbarmherzig zu

ich fliehe
in deine Arme
WÜSTE in mir

*

Wir stürzen ineinander
im verlornen Punkt
greifen verzweifelt
ins Leere –

tiefste Nacht
tropft
ins Herz

in der Glut
der Finsternis
singt
das letzte Wort

*

Ameisen
huschen
über den Vogelkadaver

Leben vermählt sich
mit dem Tod

unsre Hände
legen sich ineinander
werden e i n s
im Schweigen

wir verlieren uns
        im fernsten Feuer
                tief in uns

                *

Ich brenne
in der Lust des Daseins
verbrenne
in der Glut der Verzweiflung –

ich frage nicht
wo du schläfst
ich bereite
ALLEN ein Bett

                *

Mein Lied
singe ich
für dich

        für die kranke Frau
        für den Drogensüchtigen
FÜRDASLEBENVORDEMTOD

73

*

In dieser Nacht
wurzle ich
im Grossbrand des Staubs

umarme die Muschel
küsse
das Antlitz des Kosmos

*

Das Leben strabanzt
mit dem Wind
in allen Windrichtungen –

doch irgendwo in der Ferne
– nah in dir –
singt ein Licht
im Eins-Werden
hinter den Gegensätzen

*

Die fremden Vögel wohnen
in der dunklen Wolke
in den Rissen des letzten Lichts –
hörst du die Schreie?

in dieser Nacht
in diesem Entflammen
umarmt der kalte Steingott
dich

*

Schlaflos
zwischen den Wurzeln
        aus Feuer
reise ich
an die Ränder der Welt

in der Muschel sitzend
erwarte ich die Sonne

tief ins Blut
fällt die fremde Asche nieder –

ich träume Schreie
so wach war ich noch nie

*

Du sagst so vieles –

lassen wir
die Hände sprechen
im Sternbild des Raben
in den Zuckungen der Lust

*

In meinen Händen
flammt
dein Körper auf
zur masslosen Lust –
Kassiopeia lacht
Teufelsrochen lachen

im Gelächter der Schöpfung
der Strudelwürmer der Engel
    finde ich dich
– weinend

*

In den fiebrigen Schacht gestürzt
letzte Hoffnung –

tödliches Liebeseis
bricht die Augen

der Atem stockt
der Lustkörper zerfällt

niemand hört
das Singen
der Seeanemonen

*

Im Totgestein
    lauert
L I E B E
ausweglos –
Anfangundende
stürzen nieder
Agonie verkrallt sich
in Lust
wir lecken uns
an den geheimsten Stellen

in der fernsten Ferne
so nah in mir
erstirbt der Gesang

*

Die Nacht fällt
    wie ein ertrunkner Vogel
    durch die Brüchigkeiten
    des stockenden Atems –
scharfe Zähne zittern durch die Zweige

die Einsiedlerrose die blutflammende
verzweifelt im Sanskrit der Quasare

nackt werfe ich mich auf deine Nacktheit
im gierigen Anbeginn des Endes
in die tödliche Glut der Kälte

IN DER ANBETUNG DER LUST

*

Schweigt niemals ihr Kreaturen
schreit schreit schreit
ihr Meere schreit
ihr Berge schreit
ihr Wolken schreit
ihr Galaxien klagt an
ihr Quellen überflutet
ihr Reptilien beisst zu
ihr Mauerasseln legt Brände
ihr Ringhalskobras spritzt tödliches Gift
    ins Gesicht der falschen Götter –

komm DU hab keine Angst
gib mir deine Hand
ich führe dich fort
WEIT WEIT FORT

*

Wir gleiten hin in den Dimensionen
der Lippen der Flügel der Keimzellen
wir suchen ein Leben lang
die Höhle des Einsiedlerkrebses

erkennen uns
in den Listerien des Zerfalls
in den Mysterien des Nichts

ich nähere mich dir
im Kuss der Eidechse
im pochenden Herzdunkel
im kalten Mondgestein

IM IRREN TANZ DER SCHÖPFUNG

*

Ich bete dich an
Mondfisch im offnen Meer
fern aller Küsten –

wir reden über Gott und Welt
Liebe und Tod
im Schatten des Orion
trinken zusammen Wein

und lachen über alle Ufer
lachen lachen lachen

*

Licht rast ins Dunkle
ins Sein des Meeresgrunds –
Verzweiflung würgt
verstummt ist der Gesang
versteinert das Leben

dennoch
SCHAU MICH AN
ich liebe dich

*

Ich bin nur frei wenn ich träume
wenn ich nach dem Aufwachen
wieder träume

*

Zwischen Inferno und Ekstase
brütet die Zippammer
singt der Safranfink –

Nietzsches „Morgenröte"
flammt auf –
wir retten uns
durch einen Kuss

*

Auf die Oberfläche
aller Erscheinungen
male ich
die Vision der Illusionen
IN DEINER HAND

ich nehme nichts an
lehne nichts ab
ich verweile
in der Gegenwart in mir
und flüstere dir zu
KOMM

*

In dir musiziert
die Lust des Leichten
die Wahrnehmung der Atome
das Tanzen der Galaxien
Purpurarieneidechsen Wolfszahnnattern
Silberreiher Braune Witwen
Einzeller und Milchstrassen
        die ganze Schöpfung
        singt in mir

das Schweigen der Erde
glüht wie tausend Sonnen

*

Ausgehöhlt die Nachtstunde
zerklüftet der Wahn
      weiterleben zu müssen –

irre Schönheit brennt
IN DIR IN MIR
wir tanzen eng umschlungen
tanzen mit den Galaxien
tanzen mit Amöben

Staub
umarmt
Staub

      *

Leckgeschlagen
untergegangen
die Sehnsucht
nach deinem Körper
nach deiner Seele

fern
sehr fern
schreit die Sturmmöwe
     stürzt Welle
         achtungslos
           in Welle

    *

Fischkalt
strömt Angst
in deinen Augen –

die Noten
der Gefleckten Kuckucksblume
singen im Flachmoor
des Weltalls

ich küsse deinen Hals
verzittere
im Klang deiner Schritte

*

Irre Sonnen
tanzen
in deinen Augen –
Gewitter
zerreissen
die Netzhaut

wie ein Blitz die Braue

Blut und Tod
rollen über die Zunge
herzwärts
im Zusammenprall der Sterne

*

Eingestürzte Dimensionen
in den Flammen der Lust

es gibt sie nicht
diese leichten Worte
die keine Trauer kennen

es gibt sie nicht
die Wasserschwertlilie

o Einsamkeit Wintergras
in den Sphären des Chaos

mit zerrissnen Kleidern
pochen meine Worte
an deine Tür

*

Milchstrassengeschwungne Lippen
fiebern glühend
im Gesicht des Weltalls
in der Täuschung der Nähe –

die Blendung
     verstärkt
      das Dunkle
       in mir
befristet im Schmerz
befristet im Tanz
taumeln wir ineinander

schwebend uns auflösend
in der brennenden Umarmung

*

Wir würden sie spüren
die Dissonanzen der Nacht

das Fernste ruft dich an
das Nächstliegende schweigt
schweigt in der Lust
der Schönheit

unnennbar sind die Ufer
des Wahns –
wir finden uns
in den Gegensätzen
im Rabenblau der Galaxien
im brennenden Stein
– im kalten Nichts

*

Wo sind die Falten des Lächelns?

ich suche dich im Rondo
der Schöpfung
in der Wahnsinnsarie
        der Lust –
und stürze in die Schlacken
DES TODS
in die tränensalzigen Stunden

Vögel o Vögel ihr
wo stürzt ihr nieder?

*

Ein kleiner Anfang
ein grosses Ende
reden wir nicht

Gott wandelt sich
wie das Auge der Katze

in den Verwüstungen
glüht der Ölbaum
nistet
hart zum Schmerz
die Liebe

Bei den Windmühlen
hinter den
Schwarzen Löchern

I Die Amöbe umarmt den Quasar

Hintergrundlos
die Glut
deiner Augen

unter den Füssen
flammt die Sonne

wir sind im Hier
traumversunken

*

Ich suche dich
auf dem Flug
durch die Lichtjahre
in den vergessnen
Weltallinnenräumen

irgendwo in den Wolken
der Spiralgalaxien
wirst du wohnen

es bleibt nichts
ausser dem Schiff in der Nacht
– deinem Mund
    der singt

*

Lichtgeätzt
das Dunkle
in den Blutbahnen
der Verzweiflung

Stratosphärenworte
verbrennen auf der Zunge

in der Commedia dell'arte
tanzt das Leben –

*

Im Land des Entsetzens
blitzt verwundert
das Katzenauge
brennt der Stein

Tod lacht
in fiebriger Gärung

mit dir
trinke ich
die Leere
        des Ozeans
tanze die Felsen

DIE AMÖBE
UMARMT DEN QUASAR

*

Die Weltallglocke
dröhnt im Schlaf –
Schakale rasen
durch den Pulsar

ich bin der Hofastronom
des Nichts

der Tintenfisch
schreibt kalligrafisch
ein Liebesgedicht

immer und überall
schweigt das Dunkle
singt die Sonne
für dich
        taumelnd für dich

                *

Schuttstrom der Worte –
glitzerndes Schweigen

Orionnebelfetzen
verlieren sich im All

die Tiefseemeduse
tanzt mit der Schleiereule

ich küsse deinen Mund

                *

Die Zeit
schlägt Zauberwunden
reisst
      kurz vor dem Tod
         aus dem Schlaf

Schmerzblut
gerinnt niemals –

du musst übers Wasser gehen
um in dir zu ertrinken

*

Ich entkleide dich
in der Sehnsuchtsstunde
ganz allein für mich
ganz allein für dich

auf die Sehlinie
verkürzt sich
die Lust mit dir

in dieser Minute
taumeln Jahrtausende

wir brennen uns
unauslöschlich ein

*

Am Tage rufe ich dich
ich klage vor dir in der Nacht

92

schlafe ein
auf dem brennenden Schiff –

ein Polarlicht
durchzuckt die Pupillen

wir leben alle ohne Rettung
von Angesicht zu Angesicht
    mit dem Tod

*

Im Schattenstrudel
der Angst
feuersalamandert Lust
giftnattert Hoffnungslosigkeit

durch den Wolkenriss
funkeln die Sterne
des Centauren

du – komm
wir umarmen uns
lachen über den Untergang

*

Durch deine Augen ziehn
Planetarische Nebel –

Wein Oliven und Melonen
liegen vor uns auf dem Tisch

mit der Barkerole
schlafen wir ein

*

Eros tanzt
wie die Sonne
nackt
mit der flüchtigen Erde –

im Weinglas
funkelt das Mondgelb

Einsamkeit
oder der Kuss zuletzt –
unter der Haut
trocknet der Schmerz

Leib presst sich an Leib
hart wie ein Stein
offen für den Vogelflug

*

Ich kühle die Wunde
des Alls
auf deinen Schläfen
spreche mit den Vögeln
in deinem schwarzen Haar –

gib mir deine Hand

gib mir deine Hand
in den verhüllten Träumen
der Nacht

*

Der aufgeschlitzte Fischleib
verfinstert die Sonne

Algen würgen Sterne
Plankton rast durchs Weltall

aus der Hirnsyphilis
blüht die Widderbartorchidee

durch die Jahrtausende
über dunkle Sümpfe
zieht der eisigkalte Atem

*

Dein Atem strömt
wie eine Melodie von Balakirev

in den Kerbtälern
des Körpers
tänzeln Zungen

die Hand liegt
auf dem Geschlecht

wir fallen ineinander
mundinmund

II Vögelchen
    mein Vögelchen

In meiner Hand
halte ich dein Lachen
deine Tränen

dein Blut
pulst in mir

VÖGELCHEN MEIN VÖGELCHEN
ach mein Vögelchen
ich küsse dein Öhrchen
umarme dich
mit den heissen Armen
des Südwinds
mit den Feuerzungen
meines ganzen Seins

*

O Vögelchen
wir wissen nichts
und Gefühle täuschen

kalt nachtdurchdrungen
halte ich deine Hand
küssen wir uns

Nacktkehlglockenvögelchen
Zebrafinkchen
dein kleiner Körper perlt –

im Feuer spiegelt sich der Himmel

wenn du gehst
sterbe ich

*

Ich zittere
Vögelchen
wenn du dich näherst
in der Nacht

ich fürchte mich
vor deinem schlanken blassen Körper

unsre Hände suchen sich

*

Die rote Sonnenkugel
verschattet sich
in deinen abgründigen Augen

der Mond tanzt
auf deinen Fingerspitzen

ein Wasserdrache
        irrt umher

o Vögelchen
es gibt keinen Morgen mehr

*

Angst klopft ans Herz

rufst du
meinen Namen
mein Vögelchen?

in den Stürmen
in den Fernen
finden wir uns
verlierend
in der Lust

*

Ich singe für dich
mein Vögelchen

wir brauchen kein Sternenzelt
wir hocken unter dem
         alten löchrigen Schirm
                  zuvorderst auf der Hafenmole
wir umarmen uns
in dieser singenden Nacht

unbarmherzig
prasselt der Eisregen
doch wir lachen
aneinandergeschmiegt

*

Samtgoldvögelchen du
verängstigt in den krapproten Malereien
deiner ärmlichen Höhle
dein Herz pocht
dein Atem wellt
ich singe für dich

Vögelchen mein Vögelchen
ich liebe dich

verzeih mir
dass ich dich masslos liebe

*

BEI DEN WINDMÜHLEN
HINTER DEN SCHWARZEN LÖCHERN
sitzt du
auf dem kahlen Baum
mein Vögelchen

unsre Augen
stürzen ineinander

o Vögelchen
hilf mir
ich kann nicht mehr singen

*

Du bist
wie ein Lied
von Li Yü

mein Vögelchen
geheimnisvoll
wie die Beeren des schwarzen Holunders
liebelich süez
wie die Honiglippe
der Orchidee

*

Das Weltall
tanzt in dir

dein schlanker Körper
flammt auf

kleines Vögelchen
Irrlichtchen

in dieser Nacht
beschütze ich dich

*

Du schläfst
wie eine himmelblaubereifte Moorbeere
in den Falten
eines babylonischen Sternbilds

Vögelchen
dein unruhiger Atem
weht durchs Weltall

ich küsse
dein Augenlid
deinen fadennackenden Körper

träume mit dir
deinen liebsten Traum

*

Luststurz
in der Stunde
des Wolfs

Vögelchen
hab keine Angst
ich liebe dich
so sanft so sanft

ich küsse dich
wie im Vorübergehn
bete deine Lippen an

die Cepheiden
rufen deinen Namen

ich verschweige dich
unendlichkeitslang

*

Dies sind deine Flüsse
dies sind meine Uferlinien

Vögelchen
ach Vögelchen
nichts hat Bestand
nichts stirbt

Wünsche und Sehnsüchte
sind längst ausgeträumt

*

Die Schnecken ziehen sich
in ihr Gehäuse zurück
wir fassen uns
taumelnd
an der Hand

du liegst nackt vor mir
wie eine bebende Eidechse
wie ein fremder Quasar

*

Vögelchen
ich liebe dich
umarme deine Dunkelheiten
deine gleissenden Weissdornsamen
im Tang des Lichts
der Finsternis
im Herzweltallschlag
in dem wir
in dieser Nacht
zerschellen

*

Irrbild Irrwort Irrsinn

ach Vögelchen
weiss du was IST?

stummes Land glüht
im Weinglas
die Oliven sind Sterne
deine Lippen
rinnen zur Quelle zurück

Vögelchen
verlass mich nicht
bleib meine entzückte Qual

*

Die Milchstrasse
ist mein Schifferklavier
auf dem ich für dich spiele

Vögelchen mein Vögelchen
das Weltall
tanzt in deinen Augen

wir tanzen
in den Flammen der Nacht
– und verbrennen nicht
in der engsten Umarmung

*

Vögelchen
du bist die Arche Noah
vor meinem Untergang

     meine dunklen Labyrinthe
lieben deinen glockenhellen Gesang

wir fallen ineinander
küssen uns irr

          *

Vögelchen mein Vögelchen
für dich zu sterben
ist märchenhafte Auferstehung

was auch geschieht
ich liebe dich
ich liebe dich
ich liebe dich über alles

          *

Wir lachen über die Narrenpossen
der Welt

Vögelchen mein Vögelchen
mit dir zu lachen
mit dir zu weinen
MIT DIR ZU TANZEN
ist Weltallglück

tief in dir
singt
das herrliche Sein

*

Du riechst nach Zimt
Thymian Safran Pfeffer

Vögelchen mein Vögelchen
du bist auf meinen Lippen
das Gondellied

ich möchte mit dir leben
möchte mit dir übers Wasser schreiten

*

Wir halten unsere schweissigen Hände

Vögelchen mein Vögelchen
wir umklammern
uns nackt
im Doppelstern
von Leonis und Subra
in der Glut der Lust –

überrascht
leibverbrannt
sturmzerfetzt
gleisst die Haut

stürzt Zunge auf Zunge

III Die Ruineneidechse lacht
über die Vergänglichkeit

Der siebenköpfige Schlangenaal
ist wie eine Kathedrale

zwischen sphärischen Schatten
   tanzen
     erregte
       Galaxien –

im Toben des Sturms
brennt der Traum

komm zu mir
in die Wüste
zum Puls des irren Lichts

    *

Die Mitternacht
umschlingt
wie eine Liane
das Geschlängsel
zweier Körper

   wir haben die Begräbnisse
   abgeschafft

die Zeit vergeht nicht
sie trifft sich

in der Sintflut
die Fische lachen

*

Das Auge verschattet sich
die Landschaft wird blind

schwarzer Sand
fällt aufs Haupt

fern klagen Sturmmöwen

die Nacht
ist voller Teufelsdrachen

ich halte deine verängstigte Hand

*

Du bist Safran Ingwer Zimt
auf meiner Zunge

hochbeinige Mühlen stehn
verloren in der Verstreutheit
        der Ferne
                beim grossen Fluss
dort wo der Rotstirngirlitz
selig selbstvergessen singt

die empfindsame Bewegung
        des Herzens
stürzt ins Schwarze Loch

*

In dieser dunklen Stunde
klagt ein Flötenton

die Leere
in deinen Augen
eine zuckende Spinne –

fern sehr fern
schlagen die Wellen
des Atems
ans Ufergestein

ich schenke dir
das Weltall
in meiner Hand

*

Dein schlanker Körper beherbergt
Muscheln und Weinblätter

wie die Milchstrasse
leuchten deine Lippen

deine Brust
ein Medusenstern

wir lauschen
eng umarmt
dem Konzert des Korallenriffs

*

Im fernen Versteck
berauscht sich
rätselhafte Zuneigung

Zugvögel
verbrennen im Azur

ich umarme
deine Entfernungen
sammle mit dir
das Treibholz der Sterne

*

In die Vogelspur
des Himmels
tropfen dunkle salzige Tränen –

du bist bei mir
wir liegen eng umarmt ineinander

DIE RUINENEIDECHSE
LACHT ÜBER DIE VERGÄNGLICHKEIT

körperumwirbelt
        in der kleinen Höhle
                unsrer Liebe

*

Wir verbrennen
im Kern
eines Weissen Zwergsterns
tanzen in den Armen
karminroter Korallen –

dein Gesicht
leuchtet auf

in den grossen verlassnen Augen
kreist
ein lichtes Blau

*

Deine Ohrläppchen
leuchten
wie Zwillingssterne –

das Weltall
ruht sich aus
in der Venusmuschel

wir nähern uns

*

Dein windschlanker Körper
ist mir Formvollendung
Wort Bild Klang –

Lippen Zunge Blüten Meere
tanzen im Gleichgewicht

in Angst Kuss und Knospe
glüht das Glücklichsein auf

*

In den salzverkrusteten Höhlen
deines Leibs
schläft ein Laternenfisch

stumpfe Asche
hinter deinem Augenlid

ein Sonnenwirbel
deine Nacktheit

*

Hals legt sich auf Hals
im Kristall des Atems
in den Ablagerungen der Nacht

das Vorgefühl von Erde und Himmel
verbirgt sich
in der unermesslichen Hand

in deiner kleinen schlanken Hand

*

Das Himmelszelt glitzert
wie eine Blindenschrift

in der Reichweite
der Ekstase

deine lachmöwenschlanken Finger
fächern die Nacktheit auf

wir tanzen verliebt
im Schattenwurf der Unendlichkeit

*

Singend hinschwebende Wolken
deine Stirn –
dein Herz
an meiner Brust
pulsiert
wie ein Roter Riese

die Wunder der Klarheit
strömen
melodieselig trunken
von dir zu mir

von mir zu dir

In deinen Augen
flammt die Welt auf

I Wir tanzen
Spiralgalaxien entlang

Ich möchte mich
mit dir
in den Zerklüftungen
der Cordilleren
verlieren

IN DEINEN AUGEN
FLAMMT DIE WELT AUF

    die Silbermöwe schreit

sie ist so wahr
diese Täuschung

    *

Dein Auge öffnet sich
im Lichtbrand
im Sudan

ich halte deine Hand

komm
wir fallen gemeinsam

    *

Angstgewittrig die Stunde
am Kaborfluss in Babylonien

ich fühle mich
wie Ezechiel in der Verbannung
zum Nachthimmel aufschauend

das Firmament zerfällt
verrauscht ist
das tanzirre Fest

*

Die Felsenklapperschlange
in den Höhlen bei Wuhai
verrät das Weltgeheimnis nicht

wir rauchen die Opiumpfeife
und verraten uns
dass wir uns lieben

*

In Stockholm
mit Obdachlosen frierend –

die Whiskyflasche
wandert
von Mund zu Mund

die Welt
rast ins Nichts

gut dass es dich gibt

*

Der Clochard an der Seine
ist ein Stammesfürst
aus Puebla –

    der Stachelrochen
    liest Kawabata

WIR TANZEN
SPIRALGALAXIEN ENTLANG

*

Die Wellen des Orinocos
im Ohr
    im Schatten des Kondors –

der Himmelsgucker
verliebt sich in einen Regenbogen
über der Hafenstadt Maraba

    bordüber ging
        die Philosophie

es ist so schön zu lachen

*

Lichtlos formlos atemlos
diese dunkle Stunde –

auf der zerfurchten Stirn
überflutet der grosse Strom
nacktes Verlangen

Nizami winkt uns zu

in der schwarzen Haarflut
fiebert eine rote Sonne

*

Nachtflusstintenschwarz
pulst unruhig
das Herz des Vogels

der Wind weht
über die Abgrundtiefen
          in uns

du umarmst mich
ich umarme dich
ALS OB ES RETTUNG GÄBE

*

Bei Anbruch der Nacht
seufzt die Rhône
singt geheimnisvoll die Durance –

oberflächenbrüchige Gedanken
wie Gestalten schlanker Körper
in der fliehenden Nähe
        im unentzifferbaren Ruf
        der Liebe

                *

Pinienkrüppel säumen
das ausgetrocknete Flussbett –

ein verzweifelter Vogel
weiss nicht
wohin er fliegen soll

                die Welt besinnt sich
                aufs Ende

wir lachen
und feiern
unsern Anfang

                *

Kleine Meerechse du
weide nachts
meine Wortalgen ab
vollkommenes Wunder du

        – düsterer Klang
färbt den Himmel ein

hab keine Angst
ich bleibe bei dir
du darfst bei mir bleiben
wir umarmen uns

tanzen
eng umschlungen
bis in den Morgen hinein

*

Irre Sonne
über Lulonga
am Kongo

schattenlos dein Auge
ich küsse deinen Körper
singe mit dem Wind
tanze mit dem Strom
verführe dich zur Lust

noch bevor
die Trommel der Nacht
          dröhnt
verlieren wir uns
lautlos
ineinander

*

Ortlos wortlos
schläft die Welt
          in deinem Atem

ich küsse
deine Füsschen
kleine Chilenin
lache mit den Wellen
        des Pazifischen Ozeans

das Universum
ist unser Hotelzimmer

*

Fieberblitze der Ekstase
zerreissen deine nackte Brust –

zwei Körper bäumen sich auf
in den Zuckungen des Weltalls

die schweissigen Hände
umkrallen sich

Zunge legt sich auf Zunge

wir müssen uns auslöschen
in dieser Liebesstunde

*

Dunkle Wolken
singen
melancholisch amoroso

        Fischgeruch
        im kleinen Hafen

die Welt
fächert sich auf
in deiner Hand
blitzt in deinen
geheimnisvollen Augen

*

Wir treffen uns
im Stundenwinkel der Meridiane
auf der Tierkreislinie
        des Herzens –

deine Augen
sind das Kaleidoskop
der Weltallsonnen

komm zu mir
dem Astronomen
deines Körpers

*

Auf der Zunge
die Winde
        aus Ost und West
        aus Nord und Süd

in strahlende Barmherzigkeit
verwandelt sich Lust –
in Leere und Klarheit
versenkt sich der Geist

im Atom singt das Universum

wir füllen die Weingläser nach
und strömen ekstatisch ineinander

*

Für deine bestürzend
      schönen Augenbrauen
springe ich ins Feuer

für deine schwarzen Locken
heisse ich den Sturm
der mich vernichten wird
willkommen

ich bete dich an
bete dich
leidenschaftlich
      haltlos an

*

Schilfrohrschlank
dein Körper –

träumend der Stein
      geädert die Lust

unsre Arme und Beine
umschlingen sich

*

Deine Haut singt
in allen Farben
blickt mich an
wie ein Kalmar

dich nackt zu sehen
dich zu spüren
dich zu umschlingen –

Koboldchen
      Dämonchen
            Flammengeistchen

ich stammle taumelnd
tausend Namen
und meine immer nur dich

*

Wind tropft
von den Zweigen

die Pappel
balanciert das Weltall

und dein langgestreckter Basaltkörper
kommt aus einer andern Welt

*

Ich habe die Partitur der Nacht
aufgeschlagen

eine Korallenrollschlange
tanzt auf der Notenlinie

Bashô trinkt Wein und singt

deinen leicht schaukelnden Schritt
vergesse ich nie

*

Im Schattengeviert
der alten Mauer
schläft
das fremde Traumreptil

dein Wort
ein Zögern
in der Nacht –

schwarzpulvrig
        rissig
versinkt die Stunde
der Zuneigung
verliert sich die Liebe
im Raumlosen
umkrallen sich
die schutzlosen Hände

*

Eingetaucht in dich
überlebe ich
Jahrmillionen

du bist ein Ozean
ziehst mich auf deinen Grund
blind geworden
irre ich
durch deine Augen

*

O Vögelchen
Geistchen Seelchen
Flämmchen
ich bin trunken
von deiner Leichtigkeit

Berge stürzen ein
Meere trocknen aus
Galaxien verschwinden

du lächelst
Geistchen Seelchen
Flämmchen

dein Atem tanzt
deine Augen hüpfen
dein Körper brennt

Flämmchen
Seelchen Geistchen

mein Vögelchen

*

Ich bete dich an
Vögelchen
weine mit dir
schweige mit dir
tanze tanze tanze
in dir
so wie du in mir

*

Singen
    tanzen
        schweigen
dich zärtlich umarmen

eine neue Balance finden
um leben zu können

eine Balance
mit den Trillern
des filigranen Wahns

*

Goldbrüstchen Muskatfinkchen
Amarantchen Gelbkehlchen
ihr seid mir
die ganze Welt

in euren Augen
dreht sich das Weltall

wir drehen uns
um uns

*

Wir küssen uns
wie am ersten Schöpfungstag
– wie in der Apokalypse

unendlich fern
nicht fassbar nah
flammt das Licht
in deinen dunklen Augen

wir atmen
Verkleinerungen Vergrösserungen
der Wahrnehmung
UND SINKEN INEINANDER

II Du umfängst mich wie ein zehnarmiger Tintenfisch

Wir tanzen
beim zaubrischen Klang
der Marimbas
durch die Strassen

    lachen
    feurig umarmt

und singen
la joie de vivre

singen Mund an Mund
die geheimsten Höhlen

*

Wie die wandelbaren Farben
der gekräuselten Wellen
das dunkle Orgeln
unterirdischer Ströme
liegst du nackt
    bei mir –

die Nacht verliert sich
im silbergrauen Irrlichtern

DU UMFÄNGST MICH
WIE EIN ZEHNARMIGER TINTENFISCH

*

Du bist der dunkle schlammige Fluss
ohne Anfang und Ende

Rippenqualle Haubentaucher Meerkatze
Requiem Metamorphose Elegie

unmöglich ists
von dir zu sprechen
da du alle Namen hast

da du keinen Namen hast

*

Ich tauche in die Hand
die mich sucht –
verliere mich
in deinem Atem

Schöpfungslust steigt auf
aus unvordenklichen Zeiten
unserer Ekstase

*

Wir streicheln die geheimsten Körperstellen
küssen uns im Wind der Nacht

deine Arme tanzen wie Wüstenteufel
deine Brust wölbt sich

wie der Panzer einer Froschkopfschildkröte
Geschlechtsteile Orgasmen
Inkakakadus Gebete Gesänge

wir trinken aus einem einzigen Glas
süssen Wein

*

Drachenblutfarben
tropft die Nacht
aufs Sepiabraun deines Körpers
hingepinselt
von Meisterhand –

weitverzweigt
     weitschweifig
          weitblickend
die Sätze zwischen uns

um nicht zu frieren
hüllen wir uns ein
in die perlenbestickte Melodie
IN DIE FERNE IN UNS

*

Meine Mitte
pulst in dir
das Geheimnis
flackert in deinen Augen

ich fasse das Sinnbild
von Form und Flucht

verliere mich
in den Flammen
finde die Wolkenschatten
im Sonnenlicht

*

Du bist mein Tatzelwurm
meine Rauchschwalbe
meine Krokodilschwanzechse
    – mein Lied

ich singe dich
wenn du nah bist
wenn du fern bist

doch was für eine tödliche Leere
ohne dich!

*

Hinter dem kabbalistischen Schleier
schläft unendliche Schönheit
träumt Liebe
    Lust

Licht perlt
in die Angst

die blaue Stunde
entflieht

*

Ich liebe dich
im Land Irgendwo

dort wo es keine Mauern gibt
dort wo die Winde
        alle Farben haben

eine intime Schwermut brennt
– was uns aber nicht hindert
zu lachen zu tanzen
und sich schwerelos zu vereinen

*

Wir tanzen
mit dem Mirabellengeist
umarmen uns
im Dattelpalmenschatten
kauen Betelnüsse
fallen als Viele
        ins Eine

die Welt löst sich auf
die Wörter zerfallen

wir finden uns erstaunt im Kuss
im Biss der Zeitenlosigkeit

*

Zu lachen zu tanzen zu sterben
zwischen den Mündern
– deine paradiesischen Augen
schauen mich fragend an

wir stürzen die Fluchtlinie entlang
schlucken Erdenstaub

hörst du das Geräusch aus dem All?
den Gesang aus dem Muschelwald?

was auch geschieht
wir lösen unsere Hände nicht
bleiben geheimnisvoll vereint

*

Diademseeiglig
traumorchestriert
wie ein Mosaikfadenfisch

lusztreizende
lumpichte Trügerey
tappt vorbey

„der wirt nem die kreiden an die hand
und schreib die zeche an"

wir lachen und trinken Wein
küssen uns
als wären wir allein auf der Welt

*

134

Wir sind uns ausgeliefert
in der Lustekstase
in der Fluchtverlorenheit im All

schattenkalte Angst
modert im Herz
wenn ich alleine bin

in dieser Nacht
ist alles gut
dein warmer Körper
     neben mir –
unsre Tränen mischen sich

        *

Du bist schön
wie eine Kelchkoralle
     ein Seeschmetterling
          ein Chinesischer Sonnenvogel

in deinen Augen
leuchtet das Sternbild Segel

deine Hände graben
maulwurfgleich
nach Licht –

deine Goldrutenwurzeln
verlieren sich
irgendwo
     nirgendwo
ÜBERAll

*

Du schaust mich an
mit deinen Augen voller Ferne
du reichst mir die Hand
übers fremde Meer

ich schenke dir mein Schweigen
in den Capriccios der Verführung
im Lichtsturz der Lust

unterganggerötetes Flämmchen
trunknes Koboldchen
        heute Nacht
finden wir neues Land
verlieren wir alles

*

Wir löffeln die Fischsuppe
reden irre Liebesworte

ich bin die Blumen
die Fische die Wellen
die du liebst

du bist die Insekten
Reptilien Armwirbler
die ich liebe

komm
das Zimmer in der Aubèrge
wartet auf uns

*

Fremd sind alle Sprachen
Wörter ragen
wie Menhire
ins Nichts

ich umarme dich
mein schlankes Dämonchen
als wäre nichts geschehn

*

Kosmoschen
du bist mein Orpheuschen
mein Zeuschen

„tat tvan asi – das bist du"
DU
immer und überall
nur DU

*

Unsre Körper
umringelnattern sich

wir stürzen ineinander
haltlos entfesselt

durch die verzitterte Silhouette
zuckt ein Blitz

Überleben ist nicht möglich
– ausser mit dir

*

Das Weltall ruht
im Krabbenhabichtei –

du schläfst
Chimärchen Ungeheuerchen
Einhörnchen Ozeanchen

ich wache über deinen Schlaf
bete deine Entfernungen an

*

Pantomimisches Licht
tanzt in fremden Klängen

windgewölbt
die aufschäumende Nacht

Lippen brennen
über zuckenden Händen
Schwerelosigkeit dunkelt sich ein

unentzifferbar
legst du deine Worte
in mein Herz

*

Rasender Taumel
lodert auf
wenn du bei mir bist

die Evidenz
  des Absoluten
    gleisst

wir irren über brennende Wege
kehren vom bittern Ende
zum süssen Anfang zurück

   *

Abgrund und Untergangsschlund
  Sinngrund der Liebe
   bist du mir
in der Widerspiegelung der Lust

deine kleine schlanke Hand
hält den Lauf der Welt an

die Worte des Weltalls
sind zu gross für uns

wortlos entkleiden wir uns

   *

In der Nacht
da Gott an seiner Schöpfung zweifelt
sich Lippen nach Lippen sehnen
jede Fluchthilfe versagt

und kein Schrei gehört wird
in der Nacht
da Dämonen lebendig werden
Todesangst aufersteht
    in dieser Nacht
    taumeln wir erregt
    ineinander

*

Zunge brennt auf Zunge
dein nackter Körper pulst
ich begehre dich

      auf der Hafenmole
      lieben wir uns

der Himmel taumelt
in die Illusionslosigkeit

Korallenwelschen
Schalenhäutchen
für dich schaffe ich neue Meere

mit dir tauche ich unter
fliege auf durch tödliche Weiten
ins Sternbild des Schwertfischs

    *

Wenn ich an dich denke
wirbeln Wörter umher
wie Purpurseeigel
Grossbramsegel Mittelmast

wenn du bei mir bist
trinken wir alten Brandy
lachen und tanzen
mit den Wellen zwischen uns
und schweigen

*

Korallenfern
Liebeslust
Liebesangst –

rettungslos
umarmen wir uns

*

Komm
wir wollen uns küssen
uns umarmen
bevor die Welt vermodert

wir singen
Anfangundende
lachen über alles

ich liebkose
dein Versinken

*

Ich höre deinen Anruf
im Muschelrund des Seins –
herzlangpochend

deine Feuergestalt
lodert auf

mein Liebeslustgeistchen

*

Wir liegen Mund auf Mund
Zunge auf Zunge
Brust auf Brust

mit dir
über dir
auf dir
IN DIR

III Der Wind streicht
über die Felsen der Welt

Wir wählen
was uns auswählt –

deine Lippen flammen auf

ich lasse alles liegen
folge dir
falle in deine Geheimnisse

*

Ich rufe deinen Namen
bin in Mauern eingesperrt
     ein todwunder Fisch im Netz

du sprichst
hab keine Angst
ich komme zu dir

*

Dein gleissendes Feuerherz
setzt mich in Brand

schön bist du wie eine Fackel in der Nacht

SCHÖN BIST DU

wir stürzen ineinander
unterscheiden nichts

*

Wir schliessen
beieinanderliegend
Augen und Lippen
öffnen uns für den FLUG
INS UNERMESSLICHE

DER WIND STREICHT
ÜBER DIE FELSEN DER WELT
    wir haben die Zeit
    fortgeschickt

wir atmen uns ein

*

Ich tanze
mit dem Lied
in deiner Hand

wir finden uns
in der Unendlichkeit
hinter den sieben Schleiern

*

Deine Lippen singen
tropfen ins Universum

nichtabbildbar
strahlt das Sein
in dein Herz
wellt
von deinem Herzen
in mein Herz

*

In der Leerheit
sich liebend vollenden
dies geschieht
in dieser Nacht
da du bei mir bist

*

Deine Augen
sind zwei Tautropfen
an Gottes liebster Rose

doch bevor ich
einen weitern Vergleich finde
ist das Leben vorbei

*

Die Nacht
ist lang
das Leben kurz –

mit dir wage ich
die nächsten Schritte

*

Der olivbraune Piratenbarsch
räubert durchs Meer
die Smaragdeidechse
tanzt durch die Nacht

wenn du bei mir bist
wird Maja
LUST

*

Sterndolden flammen auf
winken der Sonne zu

Wind kühlt
die heisse Umarmung

zärtlich
halte ich deine Hand

*

Diese Stunde
raunt
Unsagbares
illuminiert
Unsichtbares –
Zeitenloses kehrt bei mir ein

*

Eingeborgen
in der Hingabe Kassiopeias
zu einer blauen Muschel
im verlornen Meer
        der Nacht
dort singt die Schöpfung
lächeln die Augen
brennen die Lippen

dort rufst du
meinen Namen
wartest du auf mich

*

Die entferntesten Dinge
beziehen sich auf dich
auf deine Nähe

blutende Geheimnisse
flammen in dir

der Augenblick
umarmt die Ewigkeit
im Wind des Atems
in dir

*

Du bist
mein Rotfeuerfisch

in den Wellen des Meers
liebkosen wir uns

Leib an Leib
Atem in Atem
versinken wir
im Eisbrand
des Universums

*

Was wir wussten
was wir wissen
was wir wissen werden
        o Einerlei!

unwissend
niemalswissend
zieht ein grosser Schatten
durch uns

wortlos glüht
Mund an Mund

*

Ich male
für dich
die Welt
in den Farben
des fernsten Gesangs –

deine heissen Tränen
münden in mich

wir sind verlassen
vor der Wand
des Erkennens
wir sind verloren
in den Veblendungen
des Seins

in den tausend Verwandlungen
des schuppigen Himmels
brennt die Lust

*

Gib dich auf
in den Tropfen
der Nacht
verlier dich
im bauchigen Kelch
des Weltalls –

wir finden uns
im trunknen Blick
trinken uns
bis zum letzten Schrei

*

Die Lampe der Leerheit
flackert –
in jedem Atom
perlt eine Träne Gottes

Unterschiede
lösen sich auf
in der Umarmung

*

Das Nichts
ist der rote Faden
an dem ich
zum Leben
ZU DIR finde

*

Wie schön bist du
in den Blutbahnen
      im Trugbild
      im Spiegel
der Liebe
auf der nahen Wolkenbank –

wir küssen uns
IM FLUG DES UNERMESSLICHEN
      von dir zu mir
      von mir zu dir

*

Hinter den Erscheinungen
münden wir ineinander

Trug sind sie
die Spuren des Lebens

wir liegen lustvoll beieinander

*

Unvorstellbar
erscheinen die weiten Räume
der Wirklichkeit

grandeur und misère
des Lebens
durchglühen die Nacht

wir zwei
sinken
eng umarmt
in den gemeinsamen Traum

*

Wir entlassen uns
und fassen uns zusammen
in Bildern Klängen Worten
finden uns im Atem

bleib bei mir
in dieser Nacht
denn noch wissen wir nicht
ob sie endet

*

Unsichtbares
pulsiert
im Sichtbaren –

mit dir
fliege ich
weit fort
in die letzten Dunkelheiten
in das ferne Licht

*

Wir suchen uns
verlieren uns
in der Umarmung

wir sind uns
anbetender Mund
an anbetendem Mund

*

Deine Finger sind
flammende Galaxien
deine Augen ein glühendes Meer
dein Körper blüht
in pulsierender Nacht

das Universum
spiegelt sich
in deinen Lenden
*

Dein Angesicht
blitzt auf –

Liebe
    Lust
        Anbetung
solche Worte
flüsterst du mir
ins Herz

                *

Mein Atem
tanzt
in deinem Atem

wir fliegen
eng umarmt
    fort
        fort
weit weit fort
zu uns selbst

IV Mit dem Einmaster segle ich
in deinen Atem

Im Wind wellt
das Lied
ich höre dich
        finde dich

MIT DEM EINMASTER
SEGLE ICH
IN DEINEN ATEM

                *

Nimm mich mit
in deinem Einbaum
        lass mich
                dein Paddel sein

zusammen überqueren wir
die grossen Salzseen
befahren den Jangtsekiang
den Mississippi

DIE BRENNENDEN BLUTSTRÖME
IN UNS

                *

Gott flosst heiter
durch sein Weltallmeer

im Nachtriff tanzen
Blaumaskengaukler

WIR ZWEI
SIND GANZ ALLEIN
MIT UNS

*

Ich umarme
den Schlaf
der Vampirtintenschnecke

behüte
deinen Atem
      deine Träume
DEINE LUST

du gehörst mir
im Unbekannten
Unbehausten
der liebenden Hand

*

Grätenfischig
krötig
austernrund
seewölfisch
fiederbartwelsig –

dein Körper
nimmts mit dem Universum
lächelnd auf

*

Das Windglockenspiel
im Atem wie von weit
verzaubert uns

ich bin die Seeraben
in deinem schwarzen Lockenhaar

ENDLICH SIND WIR
FÜR IMMER VEREINT

*

Wir fliegen
wie Kraniche
in die Ferne

du schaust mich an
und lächelst

ich schaue dich an
und werde blind

*

Lustrissig
aufflammend
alle Dimensionen
im irren Tanz
mit dir

*

Sternengeklirre
Mondgebelfer
– o diese Metaphern

konkreter
sind mir deine Arme
deine Beine
DEIN MUND

*

Ich bete dich an
Vögelchen
dein Flügelschlag
ist ein vorbeihuschender Kuss

*

Ich höre dich singen
in den fernen Randzonen
der Dunkelnebel

157

dein schlanker Körper
leuchtet
wie eine Mondsichel
komm zu mir
in die Hafenkneipe
der Wein steht bereit

*

Sturmmöwen umkreisen
das schaukelnde Zweimastsegelschiff

im Rondo der frischen Brise
tanzt glitzerndes Licht

ich halte Kurs
auf dich

*

Seedrachensilbern
        mosaikfadenfischblaugetupft
                muränengestreift

im Meer der Nacht
zieht Gott alle Register

verstummt bis auf die Knochen
küssen wir uns
fiebrig umarmt

*

Du liegst nackt vor mir
ein elfenbeinfarbenes Fischchen

ich bin trunken von dir
tauche ein in dein
          unruhig pochendes Herz

                    *

Die Erleuchtung
ist farblos
in den Sternsegelbooten –

doch zuvor
trinken wir
purpurroten Wein

                    *

Wir umfassen
die fernste Ferne
im Kuss

fallen taumelnd ineinander

diese Umarmung zu lösen
wäre tödlich

                    *

Wenn dunkle Schatten fallen
Honigwaben vergiftet sind
– das Meer brennt

wenn die Sonne vereist
Melodiebögen zusammenstürzen
– die Verzweiflung hämmert

dann rettet mich nur noch
DEIN MUND

*

Wir sind e i n s geworden
im Staubkorn der Nacht
im Unendlichen

ohne dich
hat mein Leben
keinen Sinn

MIT DIR
FINDE ICH
DAS GROSSE LIED

*

Steinkoralle Klippenschwalbe
Windfinger Klangatem
ich trinke dich
in allen Dingen

nun sind wir endlich
ekstatisch e i n s

V Wir tanzen nackt
eng umschlungen

Dein Körper singt
in den Haarlocken des Winds
dein Brustkorb
ist eine Wanderdüne
deine Brustwarzen
leuchten wie Fixsterne
deine schlanken Beine
sind so herrlich lang

wir umarmen uns nackt
für die Sphären der Lust

*

Anbetend versunken
in deine Augen
anbetend versunken
in deinen Atem
anbetend versunken
in deine Umarmung

du bist Wind Feuer Wasser
Träne Nacht Lust

FLAMME
DES UNERMESSLICHEN

*

Dein Haar
tanzt als Feuerkoralle
über meinen Leib
purpurseeigelt
durch den Algenwald
      meiner Träume

*

Du trinkst aus dem Weinglas
in das meine Träne fiel

wir tanzen nackt
eng umschlungen
und lachen
über die Welt

KÜSSEN UNS

*

Wir neigen uns
Kopf an Kopf
Hand in Hand
über das alte Buch
lesen uns
Gedichte vor
summen
Schulter an Schulter
Bein über Bein
ein Lied –

miteinander ineinander
finden wir Weltanfang
glühende Dunkelheit

*

Trunken lasziv
werfen wir uns
aufeinander
ziehen uns aus
rasen in Lust

der Zipfelfrosch
wüsste es
auch nicht besser

*

Dein Geschlecht leuchtet
wie das südliche Sternbild
Fliegender Fisch
fünfzigmal heller
als unsere Sonne

wir verführen uns
zur Ekstase
schenken uns gierig
letzte Erfüllung
in dieser Nacht
der Anbetung

*

Munddurchmund
   Mundanmund
      Mundinmund

endlich
gibt es
nichts mehr zu sagen

*

Dein Gesicht ist schön
deine Brust ist schön
dein Rücken ist schön
dein Bein ist schön

zieh dich aus
du bist so schön

du bist nackt
so schön –

*

Bauch liegt auf Bauch
ich atme deinen Atem

wir trinken uns
berauschen uns
du durch mich
ich durch dich

*

Wir verlieren uns
in uns
tauchen in uns
fliegen weit fort in uns –

wir beten uns an

*

Dein Hals ein Safranfink
dein Rücken eine Seestachelbeere
deine Beine zwei Krustenechsen
dein Gesicht ein Blauer Doktorfisch –

Lust flammt auf
in der Antwort der Nacht

*

Irr atemlos erregt
weil du mit mir wachen willst
mit mir schlafen willst

*

Gitarrenfischsandfarben
liegst du nackt neben mir

wir werfen uns aufeinander
küssen uns taumelnd
schlürfen uns
mundanmund

so als ob Gott eine Lustsekunde wäre
die Ekstase der Schöpfung
tief tief ausgelebt
in uns

VI Flug ins Unermessliche

Du bist der Wind
von weit weit her

MIT DIR
FLIEGE ICH INS UNERMESSLICHE

*

Wir bleiben einsam
Hand in Hand
wir bleiben einsam
in der Umarmung

es gibt nichts Schöneres
als diese Einsamkeit
mit dir

*

Wir verzaubern uns
        zur Klarsichtigkeit

stürzen ins Offne

*

Wir lachen über die Unterschiede
über die Grenzen von Ich und Welt
über die Stunden der Sicherheiten –

wir strömen ineinander
  im gleichen Flussbett
    ins Ziellose
– hin auf uns selbst

*

Mit dir
kehre ich
zu mir zurück
  in den Früchten Blumen
  Sternen und Fischen
in der Sinfonie des Winds

*

Dein heisses Blut
orgelt in meinen Höhlen

wir ruhen uns aus
im Zusammensturz

*

Und trennt
kein Trugbild

wir sind uns
unersättlich nah

*

Besitz oder Verlust
beides ist Schein

hinter den Täuschungen
in deiner Hand
brennt das Universum

*

Auf den Lichtflügeln
deiner Arme
im Kometenschweif
deiner Beine
          finde ich Ruhe

dein Mund gleitet
über meinen Körper
wie der Wind
über den Orinoco

*

Die Dimensionen
verschieben sich
auf dem Meeresgrund
deiner Augen –

die *Kleine Wasserschlange*
ist einundvierzig Jahre entfernt

ich liebkose dich
über alle Distanzen
– in jeder Ferne
bleibst du mir nah

*

Unermesslich weit
ist das Nahe –

wir lachen und tanzen
in den Ausuferungen
an den letzten Rändern

*

Körper Augen Geist
die Weltallmelodie
entführt uns
ins Körperliche

in die Sekunden
in die Jahrmillionen
DER LIEBE

*

Im Wechselspiel
von Fliehkraft und Schwerkraft
tanzen wir
in Sonnenfinsternissen

was auch geschieht
ich schenke dir
mein Leben

*

Die expandierende Gashülle
der Lust
umhüllt uns

wir sind frei
in den weichenden Grenzen
des andern

*

Mit dir reise ich
in babylonische Tierkreissternbilder

du folgst meinen Fluchtgeschwindigkeiten

eng umarmt
stammeln wir
D U
fallen unrettbar
ins Unermessliche
der nackten Körper
des Weltallgeists

Erfüllt von den Wirklichkeiten

UNUNTERSCHEIDBAR
verschlungen
ineinander

Sonnen kreisen
in deinen Augen

gefiederte
   verzwirbelte
      quirlende Gedanken
tanzen in deinem Lachen

das Weltall
ist eine brennende Flussmündung
in deinem Atem

       *

Eine Wasserrose blüht
in deinem Mund

unendliche Räume
in deinem Blut

Grenzenloses perlt
über deine Lippen

DEIN KÖRPER
EIN PINSELSTRICH
DES UNFASSBAREN

       *

In der Cellokantilene
deines Leibs
singt das Universum

ich fiebere zu dir
stürze in deine kühlende wellende Nähe
ins Delirium der Sonnen

*

Wir verwandeln uns
auf uns selbst zu

*

Der Weg zueinander
ist lang ist kurz
UNTRENNBAR
in der Lust
JENSEITS
aller Täuschungen
KLAR im Kuss

*

Das Sein fächert sich auf
in den Engeln in den Dämonen
in den Schlangen
    in den Vögeln
        in den Moosbeeren
IN DEINEM KÖRPER

*

Der Wind liebkost
die Bäume

ich schenke dir die Blumen
auf dem Schwemmholz
meiner Sehnsucht

du legst deine feingliedrige Hand
auf mein Herz

*

Auf den Felsterrassen
deines Körpers
im Südostpassat deines Atems
dort will ich leben

*

Wir spielen
mit den Wellen
der Täuschung
werden eins
im Liebeslustrausch

*

Dich zu lieben
RAUBSPINNE GOTT
ich wags

und du Gott
wagst du es auch
uns Menschen zu lieben?

*

Ein fahles
ins Graugelb
verspielt aufhellendes Licht
auf deinem Körper

wir wachen zusammen
wir schlafen zusammen
als ob wir wählen könnten

*

Wir sind dort
wo wir untrennbar sind –
im Lachen
in der Verbindung der Hände
im Ineinandermünden
unseres Atems

wir sind dort
wo in der Lust
das letzte Schweigen beginnt

*

Ich erkunde deinen Leib
mit meinen Lippen
deine Finger huschen
wie Kopfschwanzgeckos
über meinen Körper

wir erkennen uns
hinter den Trugbildern
im Feuer der Lust

*

Der Zenit
der Liebe
brennt tief *in* dir

*

Unser Flug
führt in fernste Fernen
in den Anruf
des Feuers
in den Sturz der Anbetung

*

Du Segelkärpfling du
im Stundenkreis der Nacht
abertausendjahrlang
küsse ich dich

*

Es gibt nichts zu bejahen
nichts zu verneinen

wir tauchen ein
ins spiegelklare Universum
ERFÜLLT VON DEN WIRKLICHKEITEN
B E F R E I T VON A L L E M
untrennbar vereint
in der Umarmung

*

Wir halten unsere Hände
im Sturz des Zusammenfalls

im Einssein
mit dem Fernsten
finde ich mich
in dir

*

Fragselige Zungen
brandmahlen die Nacht

wir schweigen
eng umschlungen
zeitloshin

*

Du bist
unauslotbar
– ein Wirbel
des Himmels

*

Irr lichtdurchzuckt
die Nachtstunde
in deinen Armen

Echnaton singt

im Unterschiedslosen
finden wir uns

*

Leib an Leib
Seele an Seele
auf der Hafenmole sitzend
erleben wir uns
tief verwandelt

*

Wir tanzen
im siebenfarbigen Regenbogenlicht

deine Wimpern
krümmen sich
wie Galaxien

DEIN TRILLERLEICHTER LEIB
ZÜNGELT IN DER LUST

*

In deinen Augen
brennen Anfang und Ende
tanzt das Universum

wir teilen Brot und Wein
und Bett
umschlingen uns stumm
in den Flammen der Schöpfung

*

Wanderdünenlippig
tropfsteinhöhlenmundig
– wie ein morgenfeuchter Spinnwebfaden
S C H Ö N
ist dein schlanker nackter Körper

*

Du wühlst dich
in mich ein
ich wühle mich
in dich ein

– mit dir
beginnt die Schöpfung neu

*

Ich tanze in deinen
auberginedunklen Schluchten

schrundige Lust
in der Ekstase
im Einmuth
mit dem Universum

in der Feuersäule
stürzen unsere Körper
ineinander

*

Du Siebenarmiger Seestern du
du Zehnfusskrebs du
VEREINT
balancieren wir
das Weltall
TRINKEN UNS

*

Am Ufer des Orinocos wars
als wir uns liebten
unter den Sternen
im Licht des Monds
im Nachtwind
angesichts des Nichts
IM SCHREI DER KREATUR

im brennenden Atem
der Umarmung

*

Mit dem Einbaum
schiffe ich
über deine Lippen

du rufst mir zu
komm

ich rufe dir zu
ich komme

in den Schwingungen
der Cepheiden
finden wir uns
verlieren wir uns

*

Die klaren Tropfen
die harfenfeinen Töne
die vielfarbigen Geheimnisse
Kieselsteine Quasare Träume
– WUNDERBAR
UNUNTERSCHIEDEN
IN DEINER HAND

*

Unsere Zungen!
Sie machen sich selbstständig
als ob es keinen Gott gäbe

*

DU BIST SCHÖN WIE EINE
ZIMTBRAUN GETUPFTE TIGERLILIE

das Weltall
ruht sich aus
in dir

*

Wir philosophieren
wir schweigen
WIR TANZEN

*

Wie eine Stimmgabel
eines fremden Gotts
singt der Orgelkaktus
in der Wüste

anfangslose Leere
schäumt auf
in der Ekstase der Lust
ENDZEITEINGEFÄRBT bereits

*

Im Ton
deines Körpers
lege ich
das duale Denken ab

wir tanzen
in den Auffächerungen
des Seins

*

Lebe deine Urnatur –
bei mir darfst du
d i c h hemmungslos sein

*

Deine Nacktheit
verschleiert das Universum
verhüllt die Sonne
VERDUNKELT
E R H E L L T
mein kleines Leben

*

Ein tödlicher Sturm
zieht auf –

MEIN MEISENGIMPELHERZCHEN
MEIN NACKTKEHLGLOCKENVÖGELCHEN
ruh dich sorglos aus
in meinem dich beschützenden Atem

*

Du schenkst mir
deine Melodie
mit der ich dich
bis zur Ekstase betöre

im Sternbild *Paradiesvogel*
stürzt Geist in Geist
Leib in Leib

*

Vögelchen mein Vögelchen
in dir lacht die Nacht

ich ruhe tief aus
deine Schwingen halten mich

*

Im mystischen Einssein
spiegelt der Diamant
das Universum L I E B E
im fiebrig irren Zusammenfall
IM RAUSCH MIT DIR

*

Wir verschmelzen
miteinander ineinander
berauben uns aller Täuschungen
schenken uns einander

*

Ich male
auf der Oberfläche der Erscheinungen
die wahren Erleuchtungen
    deines Körpers
        deines Wesens
DEINER GEHEIMNISVOLLEN TIEFE

*

Mein Vögelchen
es gibt keinen GRUND
keine ESSENZ
keine BUDDHASCHAFT
es gibt nur
deinen Blick
    deine Hand
        deinen Mund
DEINE UMARMUNG

*

Der erwachende Geist
sucht Lust
wir amüsieren uns
über die Leerheit
aller Phänomene

*

Mit dir lebe ich die Zügellosigkeit –
   hell und dunkel
   geistig und lasziv

das Weltall lacht
über unsre Leidenschaft

*

Im Wolkenriss
winkt ein fremder Gott
uns zu

wir überwuchern uns
in der Safranstaude
in den brennenden Nachtstunden

*

Wir versenken uns
ins Tiefstverborgene ins uns
tausendfach uns wandelnd

*

Du bist schön
wie eine sternbeschnuppte Heidenelke

VOLLENDUNG FEIERT SICH IN DIR

*

Süssen Wein
trinken wir
aus dem Alabastergefäss

Unermesslichkeit
singt im Schweisstropfen
auf deinem nackten Bauch

*

Das Universum
ist ein Schwarzes Bilsenkraut
schmerzstillend
in der Vergänglichkeit

wir werden es finden
das Nest des Haubenprachtwebers

*

Das Weltall
schwingt sich auf
in den Krähenvögeln

in deinen Pupillen
brennt die schwarze Sonne
IN DER LUSTSEKUNDE
DER EWIGKEIT

*

In deinem Körper
brennt die Sonne

ich ruhe mich aus
im Schatten
deiner Seele

*

Wir versinken ineinander

dein Mund
eine Kelchkoralle
für meinen Mund

deine Augen
zwei Sonnenlämpchen

wir fliegen
in die Ferne
hinter dem doldigen Atoll

*

Der Urstrom fliesst
von dir zu mir
von mir zu dir

WIR BETEN UNS AN
im tanzenden brennenden Schweigen
IM ZAUNKÖNIGDROSSELKLANG
DER SCHÖPFUNG

Körperumkörpert

Ineinanderversternt
im Tanz
in der Lust
in der Anbetung

Eingeschlossen im Lichtstein
die Farben des Atolls

seewellig
windig
die Nacht

Körper umaalt Körper

*

Aufklaffend
der Lachmöwenriss
im Himmel

das Lied
versinkt
im NIRGENDWO
im Tanz
des Wahns
allein
mit dir

*

Wie ein Nacktfarn
umschlingt
dein Körper
meinen Körper

BLUTALGEN
TANZEN
IM KORALLENRIFF
DEINER AUGEN

*

Hinter dem Licht
fliegt der unbekannte Vogel auf
im ÜBERALL
deiner Hand

*

Aufgerissne Augen glühen

ich tanze in deinem
schmetterlingfischfarbenen Lachen

*

Wollust und Askese
werden *eins*
im Schweigen

das Weltall rast
in der Umarmung
als sei nichts geschehn

*

Krallen der Nacht
im Herzriss

die Schlange
zerfetzt
die Stirn

Schakale
jagen
im Himmel

du hältst meine Hand

*

Mit dir
finde ich mich
im Grenzenlosen
KÖRPERUMKÖRPERT

*

Die Formen des Seins
hängen an den Lichterketten
des Himmels

das Funkeln
deiner Augen
setzt mich in Brand

*

Die Regenbogenschlange
frisst den
Vogel Gott
im unauflösbar umschlungenen TANZ

*

Unsre Tränen
mischen sich

wir halten uns
an den Händen
um nicht zu fallen
um gemeinsam zu fallen

*

Zerfetzt herzzerrissen
im Verlangen
nach dir

auf der Messerklinge
zu tanzen
am Abgrund zu singen
– mit dir wage ich alles

*

Der Juwelenzackenbarsch
schwimmt
unbeirrbar eigenwillig
in den Himmel

ich suche den Weg
hienieden
ZU DIR

*

Die Lichtscherben
zu deinen Füssen
bleiben stumm
FERN HINTER
DER DUNKLEN WOLKE
IN UNS

*

Unser Atem
stürzt in Ekstase

    dein Herz singt
auf dem unsichtbaren Pfad
der flammenden Liebe
in den Lotosblättern
deiner schlanken Hand

*

Sprachlos geworden
im Taumel der Umarmung
im Wahnsinn der Lust
in der Sprache deines Körpers

*

Verloren
in der Verschmelzung

verängstigt
vor dem Abgrund

– unbeirrbar
bleibe ich bei dir

*

Wie eine Katzenaugennatter
bebst du in der Lust
flammenumschlängelt
im Nachtstundenwetterschlag

wir verbeissen uns
mit der Zähnen der Liebe
mundinmund

*

Ich befahre deine Lippen
vom Okzident in den Orient
suche Halt
in der Höhle deiner Hand

wir stürzen nackt
ineinander
sturmwindaufgepeitscht
von der Lust

*

Wir befreien uns
zu uns selbst hin
in unerbitterlicher Liebeslust
im ekstatischen Verschmelzen

ICH BIN WAHNSINNIG GEWORDEN
IN LIEBE ZU DIR

**Ich bete deinen
seenelkenweissen
Körper an**

*In deinen Händen
brennt
meine Welt
zu dir*

Du bist mein Feuersalamander
mein Bauchnabelquasar
meeraalschlank
umarmst du mich

WIR TRINKEN UNS

*

Wir finden uns
in den sieben Seesternarmen
wühlen uns
IN MOOSIGE LUST

*

Deine Zunge
ist eine Regenbogenforelle
in den Gewässern meines Munds

ICH KÜSSE DEINEN
WASSERDRACHENKÖRPER

*

Die Lichtblitze
deiner Lippen
schlagen ein
        in mein Herz

mit deinen sanften
     schlanken
          warmen Händen
hältst du die *ganze* Welt

*

Schön bist du wie ein Drachenauge
WIE EIN AMMONIT

ich schenke dir
meinen Atem
MEINE LIEBESIRREN
      BESESSENHEITEN

*

Als Krustenanemone
überwuchere ich dich
  umschlinge ich dich

du bist mein
DIADEMSEEIGEL
Im Riff der Nacht

ICH BETE DEINEN
SEENELKENWEISSEN KÖRPER AN

*

Ich singe deinen Körper
deine Augenwimpern
deinen Hals
deine Hände
DEIN GESCHLECHT

du lachst
umarmst mich trunken
IRR LUSTENTFLAMMT

*

LICHTUNDSCHATTENGEÄDER
tanzen auf deiner nackten Haut

die Schöpfung
entfaltet in dir
die allerschönsten Geheimnisse

birgt das ganze Leben ein

*

Wir geben uns
neue Namen
Geigenrochen
Orchideendrachenauge
Maskenbuntbarsch

schenken uns
DAS NAMENLOSE

*

Wir fliegen
eng umarmt
ineinander

ruhen uns aus
in der UNRUHE
DER EKSTATISCHEN LUST

Glutsturz
in den Adern

Du bist
wie ein feuriger Wind
umherirrend
brennend in mir

Ich flüstere dir
mein Schweigen
in dein Ohr

ich kann
nicht mehr singen

*

Du bist schön
wie eine Walderdbeere
wie Schuberts Unvollendete Sinfonie

ich baue dir
eine warme Nachthöhle
– du staunst
und lachst
und schenkst dich mir ganz

*

Musik schäumt das Meer auf –

wer das kann
färbt den Himmel ein
hienieden in der Blattrosette

*

Der Nachtblitz
der Lust
zerreisst den Himmel

Minutenzeiger
der Ewigkeit
in dir
in mir

*

Wir stürzen
ins Delirium
der Schöpfung
mit dem Sturzflug
der Möwen
ins Subkrustale
der Lust
in den Abgrund
der Umarmung

*

Falkennachtschwalben
fliegen durchs Auge

ein Wüstenteufel
tanzt im Blut

du bist die Herzmuschel
in die ich fliehe

*

Ein Licht tanzt
auf den Wellen
des Winds

zwei Hände
suchen sich

*

Auf deiner Zunge erfindet
der Diademseeigel Geheimnisse

die Lippen brennen

die Überwältigung
ist so sanft

*

Wir ruhen uns aus
leibanleib

dein Körper
ein Topas

die Hände
schmieden sich zusammen
MUNDANMUND

*

Nacht malt
mit den Farben
des Schweigens

deine Augen singen

unsre Blicke
stürzen ineinander

*

Das gespaltne Wort
verblutet

über den Wellen
deines Atems
fliegt ein dunkler Vogel

*

Wir küssen uns
von der Stirn
bis zu den Füssen

unsre Münder
strömen ineinander

es ist wie Gottes
bester Schöpfungstag

*

GLUTSTURZ IN DEN ADERN

dein leicht schaukelnder Schritt
deine Augen deine Lippen dein Lachen
in den Krustenanemonenfingern
der Nacht
                    Für T.

*

Feuer umarmt Feuer
im nackt umschlungnen Tanz

der Lustschrei verbrennt
den Augenblick
zerreisst
das letzte Ende

*

Blutrot geritzt
das dunkle Liebeswort

der Abgrund lacht
im brennenden Atem

wortlos fallen wir
ineinander

*

Deine Lippen dein Hals
deine Brust dein Rücken
dein Geschlecht deine Beine
deine Seele dein Geist

ICH BETE DICH AN
SO WIE DU BIST

*

Der Langarmige Krake
auf der Zunge
flieht die Muräne
im dunkelsten Verstummen

unsre Hände
umkrallen sich
nachtlustfiebrig

*

In den Wolken
im Vogelflug
im Schwimmen der Fische
lebe ich auf dich hin

das Gelb das Rot das Blau
des Himmels
stürzen in deine Augen

*

Flammen durchzucken
die unermesslichen Weiten
in mir
züngeln zu dir
in dein Herz

Geist stürzt in Geist
leibinleibbrennend

*

Das Weltall umarmt
den Schwarzmeersteinbutt
in deinem Blut

Fremdes wird nah
in den Flammen der Nacht
wenn du bei mir bist

*

Sturmgepeitscht

wir umtosen uns
lieben uns
in den Ekstasen
des Zusammenstürzens

*

Schmerzhimmlisch
gluthöllisch
die Luststürze
mit dir
im Bewusstlosen
des Augenblicks

*

Der Wind bläht
die Segel des Traums
atemhin atemher

wir erwachen
wie von weit fernher
zu uns selbst

*

Du bist geil
wie eine glashelle Stachelbeere

ich verführe dich
zu dir

du liebkost mich
bis zur Ekstase

*

Mit dir
durchschwimme ich
alle Meere

mit dir
finde ich mich

du darfst dich
in mir verlieren

*

Ich beschütze
deinen feingliedrigen Körper
deine Träume
deine Verirrungen

ich weiss längst nicht mehr
wer ich bin
doch ich weiss
dass ich d i c h
unbeirrbar liebe

*

Mein Mund
brandet über deine Wangen
dein Mund
strömt über meine Lippen
die Finger tanzen
auf den Wellen der Körper
gischtend zuckend brennend
liebeslustekstatisch

im Puls der Umarmung
im Schrei der Geschöpfe
in Liebeslusttrunkenheit

*

Du tauchst
in meine Umarmung

ich segle
über die Lippen
in deinen Mund

DIE NACHT GLÜHT
WIE EIN FEUERBALL

*

Die Träne brennt

meine Zunge
taucht
in die Risse
deiner Haut

wir stürzen
zeitloslang
ineinander

*

Der Flötenton
verliert sich
in den Höhlen des Schmerzes
ausweglos nah
an deiner Brust

*

Dein Atem
brennt
in mir –

mein Atem
überflutet dich

wir schreien beide
D U

*

Mein Mund krebst
über deine Nacktheit

wie eine Gelbe Haarqualle
umfängst du
meinen Körper

Schöpfung betet Schöpfung an
in der Lustsekunde des Weltalls

*

Ich tauche
in die Uferlosigkeiten
deiner Augen

du lachst
umarmst
mein Tauchen

*

Dein Blick
flackernd
nach innen gewandt
die Lippen
öffnen sich
zum Kuss

mit tänzerischem Schritt
fliegen wir weit fort

*

Vier Hände
umklammern sich

nackte Haut
legt sich
auf nackte Haut

Mund stürzt in Mund

JA DU BIST ES

*

Deine Hüften
schwingen sich aus
wie ein Adagio von Mozart

dein Körper blüht
wie das Schmalblättrige Weidenröschen

der Wind streicht
übers Land
– wir küssen uns

*

Wir zittern beide
vor Lust
in den zusammenstürzenden Flammen

*

Ich liebe alles
was du sagst
was du verschweigst

liebe deinen verhallenden Puls
in mir

*

Auge stürzt in Auge
wir liegen beieinander
umarmen uns lustentbrannt
in fiebriger Nacht
und stammeln *du du – D U*

*

Die Nacht spannt
irre Lustfäden
in die Stille

wir stürzen
in den Feuerkern

*

Liebe erhellt sich
im Widerspiel der Körper –
ein zersplitterter Gesang
in der rauen Kehle

der Morgen krümmt sich
unbarmherzig stumm

*

Du umfängst
meine Lust
ich umfange
deine Lust
wir unterscheiden nicht

*

Ich finde
mein Abbild
in dir
du findest es
in mir

ekstatisch vereint
im Bildlosen

*

Du bist
mein Puls
mein Puls
schlägt in dir

zusammen haben wir
e i n Herz

*

Ich trinke
deine Körperwärme

wir halten uns
fest an der Hand

derweil gehen die Eiszeiten
vorbei

*

Fisteliger Wahn
in flammender Nacht

balsamisch
legst du dich
über mich
löschst mit deinem Körper
die Brände meiner Wunden

*

Deine Finger
kreisen wie Spiralgalaxien
in die Höhle meiner Hand

wir umarmen uns
wir küssen uns

wir trennen uns
niemals

*

Die Finger
streicheln
das Universum
die erogenen Zonen
leibanleibbrennend
in dieser Nacht

*

Wir ruhen uns aus
auf den Notenlinien

zwischen den Sternen
singen Muschelperlen
taumeln in den Mund

*

Wellende Zungen
in den Buchten
unsrer Körper

ich umfasse dich
du umfasst mich
in den Sturzfluten
des Liebessturms

*

Die Katakomben
der Erinnerungen
sind verschüttet
da deine Gegenwart
mich erfüllt

*

Wir münden
ineinander
im Kuss

leibumleibumschlungen
auf dem grossen Strom

finden uns
in der Lustekstase

*

Wie von jenseits
küsst du
mein Diesseits
wie eine nackte Sonne

*

In deinen Augen
kreisen
Milchstrassen

in deiner Hand
ruht
das Weltall

du fliegst
in mich hinein
von deiner Unendlichkeit
in meinen kleinen schwachen Puls

*

Meine Flamme
vereinigt sich
mit deiner Flamme
– für den nicht endenden Augenblick

*

Wir finden uns
hinter den geschlossnen Augen
in der Dunkelheit
brennender Weltallkörper
im tastenden Lichtirren

*

Wir liegen uns in den Armen

du beschützt mein Dichlieben
ich beschütze dein Michlieben

so kann uns nichts geschehn

*

Wir grüssen
die Sterne
lachen tanzen
ziehen uns aus

fürs Fest der Liebe
DER LUST

*

Hals drückt sich an Hals
die Hände schwimmen
geschlechtswärts
in moosdunkle Verlorenheit

ich umarme
die Säulen
deiner Schenkel
stürze in die Flussversickerungen
deines Leibs

*

Im Bogen der Beine
flackert das Kerzenlicht –
die Hände streicheln
tachistisch körperfort

*

Deine Finger
klopfen wie ein Buntspecht
auf meinen Körper

in deinen Augen nistet
das Unfassbare

*

Deine Haut
schwimmt
mit singenden Haarsternen

der Muschelkrebs tanzt

ich werde s t u m m
in der Anbetung

*

Deine Lippen
zwei Ufer
deine Brust
ein Korallenriff

wir umschatten uns
auf neuen Sonneninseln
körperumkörpert

*

Ich küsse deine Küsse
verliere mich in dir
finde mich in dir
weil du dich
in mir verlierst
du dich
in mir findest

231

*

Wir liegen uns
in den Armen

der Wind zerzaust
unser Haar

in dieser Nacht
werden wir blind
weil wir uns *sehen*

*

Ich tauche ein
in deine Zungenmuschel

deine Hände huschen
leicht wie Glaswelse
über meinen Körper

im Meer der Nacht
umschlingen wir uns

*

Wirf dich
auf mich

entgrenze dich
in mir

*

Ich fange Licht ein
für dich
blinder Nacktaugenkalmar

wir stillen den Durst
aneinander
fliegen fort
in federleichte Nähe
in der unendlichen Ferne

*

Noch in gepeinigter Verschattung
glüht dein Körper

mit kühlender gischtender Zunge
lösche ich deinen Brand
– ausweglos

*

Unsre Finger
züngeln
über die Lippen
mundwärts

wir lieben uns
ekstatisch
anfangundendlos
in dieser Nacht

*

Unsre Körper
flammen auf
im vereinten Herzen

tausend Sonnen
brennen in ihnen

*

Klangtropfen
auf nacktem Körper

dein Atem
entfesselt mich

wir stürzen
in die Masslosigkeit
der Liebeslust

*

Du entblösst
dein Geschlecht

ich entblösse
mein Geschlecht

wir tanzen
in der Hand
der Schöpfung

*

Deine Fingerbeeren tropfen
auf meinen Körper

deine Arme fliessen
wie Ströme
um mich

ich lache mit dir
weine mit dir
TANZE MIT DIR
– umfange
dein Fallen

*

Dein lianenschlanker Körper
rankt sich um mich

deine Arme fangen
mein Fallen auf

DU BIST ICH
ICH BIN DU